25日のシンデレラ

Yukari & Kaname

響かほり

Kahori Hibiki

EB

エタニティ文庫

目次

25日のシンデレラ

I

十二月二十四日、日曜日。

世間が休日であろうと、恋人たちのアニバーサリーだろうと、私にはあまり関係がない。

社長の第一秘書になって、二年弱。

休日出勤も、午前様の帰宅も、日常茶飯事《さはんじ》。デートが流れた回数も、片手じゃ足りない。

だから今日こうして呼び出されたことも、次々と社長から課せられる仕事の量が膨大なのも、想定内。

想定内、なのだけれど……

今日だけは絶対に定時で上がると、私は固く誓っていた。

静寂《せいじゃく》の中に、ひたすらにキーボードを叩く音が響く。

私の手は休むことなく淡々と仕事をこなし、合間に電話の取り次ぎをし、作成した資料とデータを社長に提出する。

カチカチと時計の秒針が時を刻み、やがて午後五時を告《つ》げる。

そこで私は、纏《まと》めた書類を秘書課の上司である佐野《さの》部長のデスクへと持って行く。

「部長、社長から依頼された資料、完成しました」

部長はパソコン画面から目を上げて、苦笑いしながら書類を受け取った。

「いつも以上に仕事が速いな、九条《くじょう》」

自分の限界に挑戦するぐらい仕事を巻きで片づけた私は、同時に社長の作業速度をも加速させてしまっている。そのせいか社長は数分前に、疲れた顔で一服という名の避難をするため喫煙所へと向かっていた。

「お疲れ、悪かったな」

「いえ。部長もお疲れ様です」

私と同じく休日に駆り出されてしまった部長は、首を横に振る。

「九条が社長を急《せ》かしてくれたおかげで、俺も早く家に戻って、家族でクリスマスパーティーが出来そうだよ」

五歳になるお嬢さんがいる部長も、今日はいつになく時間を気にして、そわそわしながら仕事をしていた。

「社長には俺から資料を渡しておくから、早く上がりなさい。楽しみにしていたデートだろう？」

「え……どうしてご存じ……」

そう。最近は仕事優先で断ることが増えていたけど、部長の言う通り、今日ばかりは彼との約束を守りたかった。

でも、定時に帰りたいとは言ったけど、デートとは一言も言っていないのに。

「社長がね、今日の君は一段と綺麗だから、たぶんそうだろうってね」

目尻に皺《しわ》の寄った柔和《にゅうわ》な笑顔で、部長が答える。

確かに、前日に頭の先から爪の先まで念入りにお手入れをしていた。髪も、ゆるふわ感を崩さないようにヘアアイロンで念入りに巻いている。

洋服はスーツじゃなく、仕事に支障がない程度に、いつもより少しだけフェミニンなワンピースに。

でも、たったそれだけ。それ以外はいつも通り。

髪は癖がつかないようにシュシュで軽く束ねているし、メイクを大きく変えたわけでもない。

なのに、そんな女性の機微《きび》を敏感に察するところは、さすがはモテる社長だと感心してしまう。

それでいて仕事では容赦《ようしゃ》をしないところも、仕事中毒《ワーカーホリック》の社長らしい。

「さあ、社長が戻る前に行かないと、また新しい仕事を任せられるよ？」

「それもそうですね。申し訳ありません、部長。お先に失礼します」

私は礼をして荷物を持ち、シュシュを解く。そして一度喫煙所に寄って社長に挨拶《あいさつ》をしてから、オフィスを後にした。

§　§　§

私の彼──久保要《くぼかなめ》と初めて言葉を交わしたのは、十五年前。高校二年生の七月頃だったと思う。

その少し前、高校一年の冬ごろから、私の家に変な電話がかかってきたり、私を隠し撮りした写真や手紙が送られてくるようになった。

五月に入ってからは誰かに帰り道をつけられ始め、六月中旬頃にはそれがほぼ毎日続いていた。それを小学校からの親友に相談し、一緒に帰ってもらうようになって半月が過ぎた頃のこと。

「ゆかりん、お待たせー」

放課後、その親友が自分の彼氏と一緒に、私のクラスへやって来た。一人の男子生徒を連れて。

大柄なその男子生徒は二人の後ろに立ち、少しつり目がちな瞳で自席に座る私をじっと見下ろした。

目鼻立ちがはっきりとした、精悍《せいかん》な面立ち。スポーツマンらしいイケメンの彼のことは、私も顔と名前だけは知っていた。

「……久保君？」

確か彼はF組のクラス長。A組の副クラス長の私とは、クラス長会議に出席した時に何度か顔を合わせている。

でも、話をしたことはない。

赤茶けた色に染まった短い髪に、百八十センチは超えているであろう高身長と広い肩幅。半袖のカッターシャツから覗《のぞ》く腕は筋肉質で、いかにも『男の人』という感じがした。

同学年の男の子の中にいてもひと際目立つその立派な体躯《たいく》には、威圧感すらある。

しかも彼は会議の間ずっと、眉間に皺《しわ》を寄せていたのだ。

こ、怖い……

それが、第一印象。何だか近寄りがたかったから、私は遠目で見るだけだった。

だからその日親友が彼を連れてきた時も、真っ直ぐ顔を見られなくて、すぐに俯《うつむ》いてしまった。

「あれ、友伽里《ゆかり》ちゃん、要と知り合い？」

「あ……その、クラス長会議で一緒になったことがあって」

「そうなんだ。要は、僕の小さい頃からの友達なんだ。要、彼女が話してた九条友伽里ちゃん」

親友の彼氏が、そう紹介してくれる。私も立ち上がって挨拶《あいさつ》すると、ふわりと彼から良い匂いがするのに気付いた。

それが男性物の香水だと知ったのは随分後のことだけど、この時は、随分と大人びた人だなと感じた。

「九条友伽里です。こんにちは」

「……久保要だ」

ぼそりと呟《つぶや》くような自己紹介だったけど、低音でよく響く声だった。

「もー、何カッコつけてんの、要君！」

小柄な親友が笑いながらバシバシと彼の腕を叩けば、要は片眉をひそめてため息をついた。

「今日からこの二人も、日替わりでゆかりんと一緒に帰るからね」

「……はい？」

事情がいまいち呑み込めず首を捻《ひね》っていると、親友が詳しく説明してくれた。

彼女も私と一緒に帰る時、不審者がついて来るのを見て不安になり、彼氏に相談したらしい。

それで彼氏は、女の子だけで帰るのは危険だから男も一緒に帰った方が良いと判断し、自分の親友にも声をかけてくれたのだそうだ。

「でも、それだと迷惑が……」

何だか申し訳なくて断ろうとした私を、親友が一喝する。

「ゆかりんが、変態に拉致《らち》でもされたらどうするの！」

「要は、柔道、空手、剣道の有段者なんだよ。体格も良いし、少し目つきが鋭いから、凄《すご》まれたら怖そうだろ？　相手を上手く牽制《けんせい》できると思うんだ。だからボディーガードに使ってよ？　要も、事情を話したら協力したいって言ってくれたから、気にしないで」

「……そう……なの？」

そっと見上げれば、無言のままじっと私を見ていた彼が、小さく頷《うなず》いた。

初めて会ったばかりの要は、そんな感じでほとんど喋らなかった。なので私の頭の中では寡黙《かもく》な人という印象が強かった。

その日以降も、言葉のキャッチボールがあまり出来ないし、話題も見つからないしで、しばらくどう接したらいいのか分からなかった。

それが変わったのは、出会って一週間くらいした頃。

両親は仕事、弟たちは水泳教室に行っていて、家に誰もいない日だった。

「久保君、今日はありがとう」

家まで送ってもらうのは、それで二度目だった。マンションの三階にある、自宅の玄関前でお礼を言うと、じっと私を見つめていた要と目が合った。

「いや。……今日は、手紙がなくて良かったな」

一階にあるポストには、今日は手紙や写真は入っていなかった。

でも、手紙がない日は変な電話がかかってくる。

私が家に帰るのと、ほぼ同じぐらいのタイミングで……

ふと電話口の声を思い出して、ぞっとした。

「じゃあな」

「待って！」

帰ろうとした要を、私は思わず呼び止めた。

「なっ……く、九条？」

要が驚いたように振り返りながら私を見下ろす。そしてふと、大きなため息をついた。

「……不安か？」

「……っ！　あ、ごっ、ごめんなさい！」

心配そうに顔を覗《のぞ》き込んでくる要を見て、私は自分が彼の腕に掴まっていたことに気付く。

すぐに手を離して後ろに下がろうとしたら、靴の踵《かかと》がコンクリートの段差に引っかかって、そのまま後ろに倒れそうになった。

要は咄嗟《とっさ》に手を伸ばして、私の腕を掴んで支えてくれる。

「危ないだろ、お前……」

「ご、ごめんなさい……」

「……気をつけろ」

機嫌を損《そこ》ねたように眉間に小さな皺《しわ》を寄せた要が怖くなり、私は俯《うつむ》いてしまった。

「あ、いや、別に……怒ってない」

ちょうどその時、要の言葉にかぶさるように家の電話が鳴り始めるのが玄関の扉越しに聞こえてきた。

その瞬間、びくりと身体が震えてしまう。

動かなきゃって思うのに、もしいつもの気持ち悪い電話だったらと思うと、足が震えて動けない。

「……電話、一緒に聞いてやろうか？」

思わず顔を上げると、真っ直ぐ私を見つめる要の瞳がある。

私は縋《すが》るように頷《うなず》いていた。

すると要は私の手を掴み、「邪魔する」と一言添えて家の中に入った。

リビングにある電話は、まだ鳴り続いていた。

留守番電話にはしていない。変なメッセージを残されるのが嫌だから、わざと設定しないようにしていた。

だけど、要はさっと留守番電話機能のボタンを押した。

無機質な音声案内が聞こえた後、ピーッとメッセージを促《うなが》す音が鳴る。

いつものように、電話口でひどく切羽詰《せっぱつ》まったような呼吸音と、呻《うめ》く声が聞こえてきた。そして少しすると、電話の相手は私の名前を呼びながら卑猥《ひわい》なことを呟《つぶや》き始める。

その声に、要の左の眉頭には痕《あと》が残りそうなほどに深い皺が二本出来る。

「……いつも、こんな感じか？」

「うん……ほとんど……」

「ちっ、下種野郎《げすやろう》が」

要が舌打ちをする。

そして突然、受話器を取った。

「おい、てめぇ！　誰に断って友伽里でマスかいてやがるっ！　イキがってると潰すぞ！」

低くドスの利《き》いた声で一喝した要に、私は固まった。

あまりの迫力に、怖いを通り越して思考が止まってしまったのだ。

……あれ、そう言えば、私、名前で呼ばれた？

どさくさ紛《まぎ》れだったけど、その時、初めて要に名前を呼ばれた。でも不思議と、馴《な》れ馴れしいとか嫌だとかは思わなかった。

要はゆっくりと受話器を下ろした。

「……どうした？」

瞬《まばた》きも忘れて凝視《ぎょうし》する私に気付いたのか、彼はばつの悪そうな顔をした。

「悪い。ビビらせた」

「……大丈夫。ちょっと、声に驚いただけだから」

「……そうか。九条、俺、もう少しここにいても良いか？」

「え？」

「また電話が来たら、撃退する」

「……いいの？」

「ある程度ビビらせれば、しばらく電話は落ち着くはずだからな」

「はい、お願いします！　お礼に、晩御飯食べて行ってください」

いつもはこの後も頻繁《ひんぱん》にかかってくるから、出来れば一人でいたくなかったのだ。

何より、あの気持ちの悪い電話だけでも止まるなら……その時はそんな気持ちで要にお願いしていた。

結局、その日はそれ以上電話がかかってくることはなかった。要の一喝が効いたみたいだった。

晩御飯の支度をした後で、要に頼まれてこれまでに送られてきた手紙や写真を見せた。

私がすべてを話し、要もすべてに目を通し終えたところで、彼がぽつりと言った。

「この犯人、去年の学祭の時にいたかもしれないな」

「どうして？」

「手紙に、お前のことを百合姫《ゆりひめ》って書いてある。九条、去年の学祭のミスコンで、『百合』の姫になっただろ？」

「え、ええ……」

うちの高校には投票によるミスコンテストがある。しかもどういうわけか、『薔薇《ばら》』と『百合』の部門で一人ずつ選ばれ、毎年その結果を学祭で発表するのだ。しかも選ばれた人は、次のミスコンテストまで花の名前の下に『姫』とつけた通り名で呼ばれるという、罰ゲームのようなおまけつきだ。

ちなみに私の場合、別に美人だから選ばれたってわけじゃない。恐らくスポーツテストで前代未聞《ぜんだいみもん》のマイナス評価を叩き出してしまったことで名前が校内に知れ渡っていたから、面白半分で投票されたのだと思う。

何にせよそのコンテスト以来、知らない男の人に声をかけられるようになった。最近はストーカーの件もあって、男の人が一人で近付いて来ると怖くて逃げてしまう。

「その名前を知ってるってことは、去年の学祭にいた奴ってことだ。学祭には外部の人間も出入りするから、そういった奴が犯人とも考えられる。手紙や写真を見る限り、去年から今年の三月前にかけては校内の写真や、学校行事に関与したような内容の手紙が多い。けど、四月以降は校内に深く入り込んだ様子がない。そうなると、今年卒業した奴か異動した教師、三月まで学校に出入りしていた業者の線が高い……いずれにせよ、相手を尾行して、家と名前を割り出した方が早いな」

要は集めた情報から犯人像を導き出し、淡々と、だけどとても饒舌《じょうぜつ》に語っていく。

私なんて怖がるだけで、手紙を読み返すことも出来なかったのに。

「……すごいね、久保君」

「何がだ？」

「私……そんなこと、全然、気付かなかった」

「当たり前だろ。毎日、一方的にあんなクソみたいな電話受けて、こんな気色《きしょく》の悪い手紙やら盗撮写真やら送りつけられたら、読み返すどころか思い出したくもないだろ、普通」

事実要が言うように、怖くて、見たくなくて、封を開けられずにいた手紙もたくさんあった。

「普通……なの、かな」

「ああ。おまけに、精神的にまいると思考も鈍《にぶ》る。むしろこれまで、よく耐えて頑張った。もう、一人で頑張らなくて良いぞ」

こんなことをされる自分が悪いのかも、と悩んでいた私は、この時の要の言葉に救われた。

飾り気のない、そっけなさすら感じる言葉だけど、最後の一言はとても温かく、労《いたわ》るように告《つ》げられたから、肩の力が少し抜けた。

「出来るだけ早いうちに犯人見つけてやる」

「……うん」

「何かあったらすぐに俺に連絡しろ」

「でも……送ってもらうだけでも、大変なのに……迷惑になるわ」

「迷惑じゃない。だから、絶対に呼べ。お前がちゃんと笑えるように、守ってやるから」

真っ直ぐで真剣な眼差しと、力強いその言葉に、ジワリと胸が温かくなった。

「うん……ありがと……う」

ひどく心細かった心に要の優しさが沁《し》みて、気付いたら涙が溢《あふ》れていた。

「っ!? な、なんで……泣いて……おい、どうした!?」

「ごめっ……」

涙を止められない私に激しくうろたえた要は、それから一生懸命私を泣きやませようとしてくれた。

その時私は、あぁ、この人は機転が利《き》いて、頼もしくて、とても優しい人なんだって思った。

要が私の〝気になる人〟になったのは、たぶんこの時からだった。


それから要は三ヶ月かけて犯人を割り出し、証拠を揃えてくれた。

犯人は、私たちの二年上の先輩である大学生だった。

その頃はストーカー規制法もなく、犯人が事件を起こさないと警察も動いてくれなかったので、要が直にストーカーと話をしてくれた。相手は逆上して要に襲いかかったけれど、要はそれを一人で取り押さえた。実は万が一のために、要の通う道場の師範《しはん》をしている元警察官の人たちが見えない所で待機していたらしいけど、何はともあれ大事がなくてほっとした。

だけど、ストーカーが捕まって、もう恐いことはないと分かって安堵《あんど》するのと同時に、これまでのように要と一緒にいる機会がなくなることにも気付いてしまった。

そこで私はやっと、要を好きになっていたことを自覚した。

でも、要は親切心で私を助けてくれただけ。迷惑をかけた覚えはあっても、好かれる理由は思い当たらなかったから、告白しようなんて思わなかった。

そして平穏な日々が戻って、要と会うこともほとんどなくなって一週間が経った頃。

要が放課後に私の教室にやってきた。

彼は眉間に縦皺《たてじわ》が一本立った難しい表情で、しばらく無言のまま私を見下ろしていたのだけれど、突然、

「九条、俺と付き合え」

と言ってきた。

「……どこに？」

反射的に答えてしまった私の一言に、要の顔が怖くなる。

私、何か間違えたのかな……。「はい」って、素直にお出かけの誘いに頷《うなず》けば良かったのだろうか。

そんなことを色々考えていたら、要は頭を押さえて低く唸《うな》った後で、また睨《にら》むように私を見下ろしてきた。

「俺の女になれって意味だよ！」

そう言ってそっぽを向いた。そして――

それが言葉足らずの告白で、その時の彼がものすごく照れていたということに気付いたのはすぐ後のこと。

私は嬉しくて恥ずかしぐて、俯《うつむ》いて小さく「はい」と答えるのが精いっぱいだった。

§　§　§

要との関係は、付き合い始めた当初からお互いの親公認だった。

彼は、初めてのデートで私の家に迎えに来た時に、両親に挨拶《あいさつ》と交際宣言をしてくれた。

「友伽里さんと交際させていただいています、久保要です」

ストーカー事件の折、既に要は両親と顔合わせ済みだったけれど、改めてそんな風に堂々と挨拶してくれたことが、嬉しいと同時に、ものすごく恥ずかしくて照れくさかった。

両親は驚いた顔をしたものの、父は少し複雑そうに、母は嬉しそうに交際を認めてくれた。

私も、ほぼ同時期に彼の家族と挨拶をした。

要のお母様は病気でもう亡くなっていたけど、要と目元の似た優しいお父様、要とそっくりな双子の弟の真幸《さねゆき》君、そして兄弟同然の付き合いという従兄妹《いとこ》たちにも紹介されて、笑顔で「要をよろしく」と挨拶された。

それから、お互いの家に遊びに行くことも増えた。

要の家と私の家は同じ沿線上にあったけれど、上りと下りで全く別方向だったため、一緒に帰ることはなかった。その代わり、要はよく学校帰りに私の家へ来てくれた。

私には、友樹《ともき》と理哉《さとや》という年の離れた弟がいて、友樹とは七歳、理哉とは十四歳年が離れている。

共働きの両親に代わってほぼ毎日、私が二人の夕食の支度や世話をしなければいけなかったので、要が一緒にいる時間を増やすためにそうしてくれたのだ。

とはいえ要が家にやって来ると、下の弟は何故か彼に悪戯《いたずら》ばかりし、上の弟は要にものすごく懐《なつ》いて纏《まと》わりつくという両極端な対応をしていたものだから、私と要が二人っきりになることはまずなかった。

彼の家でも従兄妹が遊びに来ていることが多く、高校生の頃は、二人っきりになれるのは外でのデートぐらいだった。

「友伽里、次の日曜日、空けとけ」

要はいつも、そんな感じでデートに誘う。

デートに限らず、「帰るぞ」とか「○○行くぞ」とか、彼は常に私に対して決定事項で物を言う。

細かいことはほぼ説明されずに、言うだけ言って私の返事を求めない。

主導権はいつも、要だった。

近くで私たちの会話を聞いていたクラスメイトに、「無理強《じ》いされてない?」って聞かれたことも度々ある。

確かに最初は、有無も言わさずどんどん物事を進めていく要にどうしたら良いのか分からず、私は彼の顔色をうかがい、ただついていくばかりだった。

だけど、気付いたの。

無愛想な彼の、小さな表情の変化とその胸の内を。

本当に小さな変化——彼のことをよく知らないと見逃したり、不機嫌なのだと勘違いしてしまう本当に些細《ささい》な表情の変化が、実は驚いていたり、困っていたり、照れ隠ししている時のものだってことを。

そして強引に見えるのに、実はとても気を使っていてくれたことを。

彼は、ストーカー事件のせいで男の人や人混みが恐くなり、街の中をあまり歩けなくなってしまった私を、人の少ない場所から少しずつ賑《にぎ》やかな場所に出られるよう慣らしてくれていた。戸惑って尻込みしそうな私の手を取って、ずっと、私の前を進んで助けてくれていた。

言葉足らずで、何が言いたいのか分からないことも多かったけど、決して無理強いはしなかったし、デートはいつも私が行きたいと思っていた場所や見たかった映画、食事してみたかったお店だったりした。

私が何気なく口にしたことでも覚えていてくれるのが嬉しくて、多少強引でも嫌だなんて感じたことはなかった。

十七歳のクリスマスイヴに、『いつか左手の指にもっといい指輪をやるから、今はそれで我慢しろ』と言って右手の薬指にペアリングを嵌《は》めてくれた時、すごく嬉しかったことも覚えている。今でも、その指輪は私の宝物だ。

その後大学入学を機に、要は一人暮らしを始めた。

掃除や片付けは得意なのに、料理はほとんど出来ない要のために、私は定期的に料理を作りに行くようになった。

でも、そんな段階になっても、私はまだヴァージンだった。

高校生の頃はキスぐらいしかしなかったし、要のアパートに行くようになってからも、身体に触れられるだけで一線を越えることはなかった。そしていつも、日付が変わる前に家に送られる。

もしかして私に女としての魅力が足りないのかと、真剣に悩み始めた夏の初め頃……

その日は土曜日で、彼の家で一緒に夕食を取った。その後、自然と抱き寄せられ、口付けを繰り返すうちにそんな雰囲気になって、ソファの上で要に身体を暴かれた。

いつもと変わらず、要が私に触れて、私だけが乱されていた。

「んっ……あぁっ」

上着の裾《すそ》から彼の手が入り込み、ブラのホックが外れて出来た隙間から、その手の大きさには足りない胸の膨らみをやわやわと揉みしだかれる。指先が胸の尖《とが》りをぐにっと押しつぶせば、堪《こら》えていた声が小さく漏れた。

スカートの中でも、まだ誰も受け入れたことのない私の中に要の指が入り込み、濡れそぼった肉壁をかき混ぜる。

ぐちゅっ、ぐちゅっと、音を立ててそこが彼の指を呑み込む度に、身体が揺れた。

間近にある要の顔が、うっすらと色気を帯びた笑みを浮かべる。

「ようやく、三本でも馴染んできたな」

初めは、太い要の指が一本入るだけでもきつかった。一本、また一本と時間をかけて増やされる度に苦しさや小さな痛みが伴ったけど、それも次第に滑らかに受け入れられるようになっていた。

ゆっくりと前側の壁を指の腹で擦られ、剥《む》き出しの濡れた花芯を親指の爪先で円を描《えが》くようになぞられる。すると、ぬちゅっという水音が静かな部屋に響いた。

「ひぃんっ！」

同時に身体に電気が走って背中が大きく仰《の》け反《ぞ》り、私は顎《あご》を突き上げるようにして声を上げた。要の肩に乗せた指にも力が籠《こも》る。

ソファの上に座った要に向かい合う形で膝の上に乗せられ、いつもよりも近い位置にある要の瞳が私の痴態《ちたい》をじっと見つめている。

私の服はもうはだけつつあるのに、要の服は全く乱れていない。

それまで彼の目の前で、肌を露《あら》わにしたことはほとんどなかった。それでいて身体は彼によってどんどん開発されて、触れられる度に乱れた姿を無防備に晒《さら》してしまう。そのことが尚更に私の羞恥心《しゅうちしん》を煽《あお》る。

「やっ、それ……んんっ！」

無防備な喉元に何度も口付けを落とされ、その度に、彼の香水――サムライの芳香《ほうこう》が鼻腔《びこう》をくすぐる。傍《そば》にあることが当たり前になった彼の香りが一層強く感じられ、身体はさらに敏感になる。

「すっかりドロドロだな」

わずかな興奮を含んだ要の声が、誘惑するように私の耳元に囁《ささや》いてくる。

最初は、要に触れられてもくすぐったいだけで、身体の中に入る指にも、異物感と圧迫される苦しさ、そしてジクジクとした痛みしか感じなかった。

なのにこのところ、同じように触れられているはずなのに、むずむずとするような気持ち良さが身体の中で暴れて、私の脚の間から蜜を溢《あふ》れさせる。

指で中も外も弄《いじく》られる度、その場所から腰にかけてビリビリとしたものが駆け上がり、知らず逃げるように腰が浮いて、もぞもぞしてしまう。

「腰が揺れてる」

「ふっ……やぁ……」

要の嬉しそうな声が意地悪くそれを伝えてきたので、私は恥ずかしさのあまり、彼の手から逃げるようにソファの上で膝立ちになる。

すると胸に触れていた手が私の背に回り、そのまま引き寄せられた。と同時に、まくれた衣服の隙間から覗《のぞ》く肌に、要が舌を這《は》わせる。

彼の唇は、お腹と胸の境界線から辛うじて服に隠れていた胸の膨らみを辿《たど》り、やがて含むように先端に口付ける。そのまま痛いほどに立ち上がった胸の尖《とが》りを、ぬるりとした肉厚な舌で絡め取った。

「ぁ、はぁ……んっ、要っ」

「ここも、感じるようになったな」

確認するように呟《つぶや》いた要はちゅっと吸いつき、甘噛みして舌で先端を撫《な》でる。

胸からぞわぞわとした甘い感覚が走って、腰が震える。

「やっ、あっ、吸っちゃ」

「お前だって、俺の指に食いついてるぞ」

「んぁっ」

ごつごつした指は下の方で生き物のようにばらばらに動いて、水音を立てながらスローペースで抽送《ちゅうそう》を繰り返し、花芯を擦り上げる。

強張っていた肉壁を押し広げられ、時折奥をぐっと強く圧迫されると、震えるような刺激が走って　きゅっと私の中が締まる。

少しずつ要の指の速度は速まっていく。震える部分を確実に押さえながら蠢《うごめ》く指に、私の身体が幾度も跳ねた。身体の奥がじわじわと熱くなり、気だるい吐息が喉から漏れていく。

心臓の鼓動が速くなって、息をするのさえ苦しいのに、身体は感じたこともないもどかしさに震え、もっとその刺激を求めてしまう。

「んっ！　要っ、……変っ、あ、熱い」

零《こぼ》れる自分の声がどんどん甘ったるくなって、自分のものではないみたいに聞こえる。

私は掌《てのひら》で自分の口を覆い、上を向いて声を堪《こら》えた。

「声、我慢するな」

「んんっ、ふっ……」

恥ずかしくて首を横に振れば、要の指の動きは一層激しさを増す。与えられる刺激が痺《しび》れるような甘く切ない疼《うず》きを伴い、私の身体を侵食して膨れ上がる。

「やっ、はぁっ……も、要っ、やだっ……」

気が遠くなるような、苦しいような、そして気持ち良いような感覚が波を打ちながら襲ってきて、身体が仰《の》け反《ぞ》っていく。

「あぁ、楽にしてやる」

その言葉とともに深く潜《もぐ》り込んだ要の指が、子宮をぐっと押し上げた。ごつごつとした指が中で捻《ね》じれるように動き、彼の親指が弄《いじ》っていた粒を強く押し潰す。

すると私の肉壁は咥《くわ》え込んだ彼の指を一層きつく締め上げ、その瞬間、身体の中で何かがはじけた。

「あぁぁっ！」

一瞬にして目の前が白くチカチカとなり、がくがくと腰が震える。堪《こら》え切れずに要の膝の上にしゃがみ込み、縋《すが》るように彼に抱きついた。

「イけたな」

「い……く？」

初めての感覚に身体の力が抜けて、ただ息を乱すばかりの私は、要の胸にもたれたまま、ぼんやりと今の言葉を繰り返す。要はその声を呑み込むように唇を塞《ふさ》いできた。

「っ！　ふぅ、んっ……」

口付けの間、ゆっくりと要の指が私の膣内《なか》から抜けていくのが分かる。

クチュッと音を立てて圧迫感から解放されたそこは、何故かジンジンと痺《しび》れていて、物足りなさすら感じる。

「……友伽里、ベッドに行くぞ」

要は甘さを乗せた声で低く囁《ささや》いたかと思うと、そのまま私を抱きかかえながら立ち上がる。

「えっ！　う、嘘っ!?　私、重いのに」

「お前、細いくせに何言ってる」

まるで子供のように軽々と抱き上げられたのに驚いて、思わず彼の身体に腕と脚を絡め、ぴったりと抱きつく。すると私と要の間に、硬いものがあるのに気付いた。

要が歩く度、それは彼のズボン越しに私の脚の間に触れ、私の敏感な花芯が突き上げるように刺激される。ビリッとしたその刺激に、無意識に腰がくねった。

「ふっ、んんっ！　あ、あるいちゃ、ダメっ」

「っ、擦りつけて言う台詞《せりふ》か」

小さく息を呑みながら要は大股で歩き、ベッドの前で足を止めた。

「か、要……」

「なんだ」

「あ、あの……どうして、ベッド？」

そう問いかけた時には、ベッドの上で要に押し倒されていた。

「続きをするに決まってんだろ」

そう言って私の唇に軽くキスを落とした要は、身体を起こして勢い良くシャツを脱ぎ、ベッドの外に投げ捨てる。

惜しげもなく晒《さら》された無駄な肉のない筋肉質な身体に、私の心臓が暴れる。

「最後までやるからな」

突然の宣言に、腰の奥が疼《うず》いてゾクリとする。

目を細めながら身体を屈《かが》め、私の顔を覗《のぞ》き込む要の表情が淫靡《いんび》さを纏《まと》う。その色気に呑み込まれそうで、私は思わず後ずさりしてしまう。

ふと見ると、真摯《しんし》に見つめてくる深い褐色《かっしょく》の瞳が、張り詰めたような緊張感を漂《ただよ》わせていた。

それは要が空手の試合の時に見せる、獲物を狩る獣のような眼差しにも似ていて、私はそんな彼から視線を外すことが出来ない。

四つん這《ば》いのまま一歩、要が近づいてくる。なのに私は無意識に一歩下がってしまう。

そうすれば、要が無言のまま、また一歩近づく。

それを数回繰り返すうちに、私の背中にベッドのヘッドボードが当たり、動けなくなる。

要の両手が、挟むように私の両サイドに置かれる。そうして覗き込んできた要に、思わず息を呑んだ。

いつもと違う雰囲気の要が、少し怖い。

吐息が重なる距離に来た要に対し、思わず目をきつく閉じて身構えてしまう。

けれど、何もされる気配がない。恐る恐る目を開けば、すぐ傍《そば》に要の気遣わしげな顔があった。

「怖いか？」

「……少し」

好きなのにそう思ってしまうことが申し訳なくて、彼をまともに見られず目を伏せた。

「友伽里、俺を見ろ」

恐る恐る見上げれば、分厚くて硬い大きな手が、そっと私の頬をなぞる。

壊れ物を扱うような繊細な動きは、いつもと変わらず優しい。

「触れられるの、嫌か？」

慌てて首を横に振る。

「するのも嫌か？」

「そ、そんなこと！　……な、ない」

思わず大きな声が出てしまい、恥ずかしくなる。すると要が薄く笑った。

「そうか。正直、俺も限界だった」

「……限界？」

「お前を恐がらせたくなくて少しずつ慣らしてきたが、早くお前と一つになりたくてたまらなかった」

滅多《めった》に聞くことのない要の本音に、涙が出そうになる。

すぐに抱かずに、身体を弄《いじ》ってくるだけだった要。その理由を言ってくれなかったから、すごく不安だった。

「私……要が最後までしないのは、私に魅力が足りないからだって思っていたの……」

「……そんなわけあるか」

そう言って要は私の手を取り、その手を自分の股間へと導いた。

「か、要っ……」

布越しに触れれば、硬く膨れ上がったそれがピクリと動く。

驚いて手を離そうとしたけれど、掴んでいる要の手が許さない。

幼い弟のものしか見たことのない私には、それと彼の大きく膨れたものが同じだなんて、全然思えない。

「分かるか？　お前を抱きたくて、こうなってるの」

「……こんなに腫《は》れて……痛くないの？」

私の素朴な疑問にわずかに目を見開いた要は、何だか困ったような表情をして手を離した。

「……辛いが、痛くはない……友伽里、出来るだけ優しくする。どうしても嫌なら、言え」

「うん」

そのまま重なった唇は、チュッチュッとリップ音を立てながら、軽く触れては離れていく。

いつもより優しいキスに、少しずつ身体の力が抜けていく。

私も要の唇を軽く食《は》んで応えた後、自分から唇を重ね、彼の背に腕を絡めた。すると要の腕が私の腰を抱き寄せる。

閉じていた私の唇を、要の舌がつつくように撫《な》でる。

私が唇を薄く開けば、ぬるりと要の舌が入ってきた。

「んっ」

器用な舌先が、逃げ腰の私の舌先をまたつつく。それから上顎《うわあご》をじっくりと舌で撫で上げられれば、口の中が甘い痺《しび》れで満たされた。

「舌出せ」

「あっ、ふっ……」

言われるままに舌を差し出すと、そのまま強く吸われ、絡め取られた。彼の動きに合わせるように夢中でキスを繰り返せば、舌がジンジンと痺《しび》れ、頭が恍惚《こうこつ》としてくる。

身体の中に燻《くすぶ》っていたもどかしい感覚が、また熱を持ち始める。

そのキスの最中、要は私のシャツのボタンを片手で器用に外し、襟《えり》を大きく開いて袖を抜いていた。そのままシャツも、外れかけのブラも取り払い、ベッドの下へと投げ落としていく。

スカートもホックを外され、するりと脱がされた。

既にショーツはソファの上ではぎ取られていたから、私は一糸纏《まと》わぬ姿になる。

「ちょっと目を閉じて待ってろ」

私をベッドに押し倒した要が、何か思いついたように口付けを止め、ベッドから離れた。私は腕で胸元を隠して、言われるままに目を閉じる。

ズボンを脱ぐ衣擦《きぬず》れの音とフィルムを破るような音の後、少しして要が戻ってくる気配がする。

ベッドが軋《きし》んだと思ったら、唇に温かいものが触れた。

「もう、良いぞ」

目を開けば間近に要の顔があり、またキスをされた。

彼の膝が私の脚を割り開いたかと思うと、その間に彼の身体が入ってくる。そうして腰を持ち上げられながら引き寄せられると、腰が浮く姿勢になった。

無防備になった場所に、硬いものが触れる。

「は、ぁんっ」

割れ目に沿って、ゆっくりと上に擦りつけられ、にちゅっと音を立てて花芯が潰される。私の身体は大きく震え、声が漏れた。

それからまた下へと動いたそれが蜜口に触れ、静かな部屋にまた水音が響く。

熱を孕《はら》んだ塊《かたまり》が入口を軽く突くと、奥がキュッと締まった。

「んっ……要……」

「……良いか？」

頷《うなず》いた瞬間、ぐっとそれが入り込んでくる。と同時に、私の身体に激しい痛みが走った。

「んんっ！　い、いたっ……」

要が奥へ進もうとする度、押し開かれるような圧迫感と痛みが走り抜け、腰が引ける。

堪《こら》えるために、腰を掴む要の手をきつく握り、目を閉じて下唇をかみしめた。

「友伽里、俺を見ろ……俺から目を逸《そ》らすな」

瞼《まぶた》を開けば、苦しげな顔をした要の姿が見える。

「もう少しだけ、我慢できるか？」

何度も頷《うなず》いて答えれば、また彼は口端《こうたん》を吊り上げて笑う。

ひどく蠱惑的《こわくてき》な色気を含んだ彼の表情から目が離せず、私は息を呑んだ。

だけど腰を掴む要の手に力が籠《こも》った瞬間、身体の奥に強い衝撃が走る。

「ひっ、いっ！」

強烈な痛みに目の前がチカチカして涙が零《こぼ》れ、呼吸さえ忘れた。

「っ、入ったぞ」

「あ……」

動きを止めて私を見下ろす要は、身体を屈《かが》めて息を乱していた。

「大丈夫か？」

「うん……要も……平気？」

「あぁ」

やっと、彼と一つになれた。

そう思うと、彼と繋《つな》がった部分のジンジンと痺《しび》れるような痛みも愛おしく感じられる。

少し近くなった彼の顔に手を伸ばし、両手でその頬を包み込む。

「要……好き」

「俺もだ……友伽里、ずっと、俺の傍《そば》にいてくれ」

いつもなら照れてはぐらかしてしまう私の言葉にも、要は真っ直ぐ私を見ながら応えてくれる。そんな彼の真剣な表情に胸がキュッと甘く締め付けられた。

「……うん」

私が頷くと、要の手が私の頬から首筋を辿《たど》り、鎖骨、胸、お腹へと下りていく。

その指先が触れたところから震えるような感覚が湧いて、私は小さく身を捩《よじ》った。

「……もう、動くぞ」

ゆっくりと小さな動きで膣壁を擦り上げられた途端、引き攣《つ》れるような痛みが走って、
私の身体に力が入る。

するとと要の屹立《きつりつ》したものが私の中でびくりと震えた。

「っ！　……締め付けるな」

「んっ、だって……」

「加減できなくなるだろ……力抜け」

「はっ、んっ、わ、わかんな……」

次第に律動が大きく、速くなる。その度に彼が侵食する部分からは、痛みに混じって
熱が湧き上がり、次第にむずがゆさに似た感覚も生まれてきた。

「要っ……あっ、また、熱い……なか……変っ」

「気持ち良くなってきたんだ」

「ふっ、あっ……要は？」

「何がだ？」

「……気持ち、良くない？　……要も……良くなって……」

そう言うと、眉間に皺《しわ》を寄せてまた辛そうな表情をしていた要は、いきなり私の左脚を持ち上げて肩に担《かつ》ぎ、私の身体を横にひねった。

ジンジンとする内側をゴリッと抉《えぐ》られ、痺《しび》れるような疼《うず》きが走り、身体が震えた。

「やぁっ！」

「クソっ。こっちは我慢して、優しくしようとしてんのに、何で煽《あお》る」

ぐっと腰を打ちつけられ、要のものが子宮の入り口に触れる。

「あぁっ！　要っ、んっ」

「全部、呑み込んだな」

「はんっ！　あっ、あっ！」

激しく揺さぶられて、かき回されて、頭の中が真っ白になっていく。

必死にシーツにしがみつき、喉から零《こぼ》れる喘《あえ》ぎを一生懸命堪《こら》えようとするけれど、それを許さないとばかりに要が身体を揺らしてくる。

ベッドのスプリングが悲鳴を上げるようにギシギシと軋《きし》み、ぐちゅぐちゅと激しくなる水音と熱に浮かされたような私たちの吐息が激しさを増していく。

それと共に、私の身体にはむずがゆさを通り越し、甘い疼きがどんどん広がっていく。

身悶《みもだ》えする身体が反り上がり、足の指先には力が籠《こも》る。

「あっ、かな、めっ……わたしっ、またっ」

膨れ上がる熱と疼きに身体が爆《は》ぜてしまいそうなのに、身体は要からもたらされるものを受け止めようと彼の屹立《きつりつ》を貪欲に絡め取っていた。

「イけ……俺も、イく」

「うぅんっ！　あっ、ひっ、あぁぁっ！」

膣壁の一点を突かれた瞬間、これまでにない刺激が突き抜ける。身体が激しく震え、また目の前が真っ白になった。

悲鳴のような声を上げて、私がベッドに沈み込んだ瞬間、要も動きを止め、低く呻《うめ》く。

少しして要は、私と向かい合うようにベッドに横になり、息を乱したまま私の身体を抱きしめた。

私も疲労感にくらくらしつつも彼の身体に腕を回し、縋《すが》りつくように抱きしめ返す。

朦朧《もうろう》としたまま彼の忙《せわ》しなく上下する胸に頬を寄せる。

そうして暴れるような鼓動を耳にしながら、私は意識を手放した。

とても、幸せだった。

その幸せが、ずっと続くと思っていた。

だけど、それから二ヶ月。要が十九歳の誕生日を迎えた数日後に、要の従兄《いとこ》が亡くなった。

要と従妹《いとこ》の目の前で、暴漢に刺されて殺されたのだ。

それをきっかけに、少しずつ、要と私の歯車は狂い始めた。

§　§　§

「異動になった」

九年前の三月下旬のこと。私も要も二十三歳。ミシュランガイドにも紹介される高級中華料理店の個室席で円卓を囲みながら食事していると、ふと要がそう告《つ》げてきた。

「異動？」

「あぁ」

彼は何てことのないように答え、ターンテーブルの上に置かれたお皿から油淋鶏《ユーリンチー》を豪快に取り分けて、食事を再開する。

要は四年前に起こった従兄の死亡事件をきっかけに警察官をめざし、大学卒業後、警察のキャリア官僚になった。

彼の従兄を直接死に至らしめた犯人は現行犯逮捕されたけれど、事件はそれで終わっではいなかったのだ。

事件の根本的な原因は、このあたり一帯で活動している大規模な暴力団組織の跡目争いだった。

別に、従兄が暴力団の構成員だったわけでも、彼らとトラブルを起こしたわけでもない。

ただ、従兄の親友が暴力団組長の妾腹《しょうふく》の息子で、その人が跡目に担《かつ》ぎ上げられたのを機に組内で抗争が起き、相手方の人間に見せしめとして狙われたのが要の従兄だったらしい。

そしてその従兄が殺されてしまった――要と従妹の目の前で。

彼の従兄妹《いとこ》たちは両親と折り合いが悪く、酒乱の父親に毎日のように暴力を振るわれていたらしく、高校生だった私が要の家に行く度に真新しい傷を作っていた。やがて彼らは親元を飛び出し、要の家族と一緒に暮らし始める。それだけ要と従兄妹たちは仲が良かったのだ。

だから要は、従兄が殺された理不尽なその理由に憤《いきどお》り、刺される前に従兄を助けられなかったことを後悔した。それで暴力団に対して強い嫌悪感を抱き、警察官となることを選んだのだ。

そして志望通り、彼は主に暴力団、銃器・薬物対策などを目的とする組織犯罪対策部に配属されたけれど……

「もしかして、この間、怪我をしたせい？」

「それもある」

強引な捜査をしていたらしく、要は半月前に暴力団関係者から銃撃され、怪我をした。血管の多い場所を撃たれたので出血もひどく、一時は血圧が下がって命の危険もあったのだ。最悪の事態も覚悟するようにと医師から宣告された時は、生きた心地がしなかった。

幸い手術は成功し、麻酔で眠る要の青白い顔や、点滴や医療器械に繋《つな》がれた身体を見た時には、死ななくて本当に良かったと涙が止まらなかった。

なのに、目覚めた翌日。まだ出血が続いていたにもかかわらず、要は勝手に退院しようとしてお医者様に止められて。

家族の制止すら聞こうとしない彼に、私は初めて怒った。

無茶をしてまた怪我をしてほしくない、危険な事態に陥《おちい》ってほしくないという一心で。

要は渋々と言った体《てい》で、大人しく医師の指示に従って入院することを承知してくれた。

それからしばらく、私たちは何となくギクシャクしていたけれど、この日、要が退院したその足で食事に行きたいと言い出したので、こうして食事にやって来たのだった。

「なあ、友伽里」

食べるのを止め、箸《はし》を置いた要が真っ直ぐ私を見る。

ただならぬ緊張感に私も箸を置き、居住《いず》まいを正して要を見つめ返す。

「俺と別れてくれ」

放たれた言葉に、咄嗟《とっさ》に反応できず固まってしまう。

今、要は何と言ったの？　……別れ……る？　どうして？　ギクシャクはしていたけど……

要を見れば、その瞳には強い決意と鬼気《きき》迫るような何かがあり、決して冗談で言っているのではないと分かる。

「お前を悪いようにはしない。だから、別れてくれ」

頭を下げた要に、ずきっと胸が痛む。

「理由を教えて」

「理由は言えない」

「もしかして、無茶なことをするつもりなの？」

もしかして今回の事件のせい？

また、怪我をするようなことをするつもりなの？

要は仕事についてはほとんど何も話してくれない。捜査に関する内容が多いから当然なのだけど……

顔を上げた要は、少しの間つり目がちな瞳を伏せ、やがて首を横に振る。

「しない。約束する」

モヤモヤするし、どうしてという疑問が消えたわけでもない。

ただ、要は強引だけど、これまで嘘は一度もつかなかった。

別れたい理由なんていくらでもそれらしく言って私を納得させることも可能なのに、不器用で誠実な要はそれをしない。

「俺の私怨《しえん》に、これ以上お前を付き合わせるつもりはない」

無口な彼の少ない言葉からキーワードを繋《つな》ぐ癖がついていた私は、何となく悟ってしまう。

今は、要が従兄《いとこ》に贖罪《しょくざい》するための、重要な時期なのだと。そして、私が傍《そば》にいることは要にとって都合が良くないことなのだと。

「……いいわ。別れましょう」

嘘。本当は別れたくなんてない。

でも、彼の負担にはなりたくない。

従兄の通夜《つや》の日、要の口から聞いた、初めての弱音が耳に蘇《よみがえ》る。

私だけに吐き出された要の後悔の念と、従兄妹《いとこ》に対する懺悔《ざんげ》の言葉は、今も忘れられない。

その前日、私たちは従兄妹たちと、彼の地元の夏祭りに出掛けていた。だけど、楽しい思い出になるはずのその時間が、一瞬にして惨劇に変わってしまった。

通夜の日の夜中近く、線香を絶やさぬように一人従兄の傍に残っていた要は、明らかに憔悴《しょうすい》していた。

人前では気丈に立ち振る舞っていた彼だけど、事件があってからほとんど食事もしていなかった。

だから、私はおにぎりを作って彼に持って行った。

焼香台《しょうこうだい》の前、二人で並んで座っていた時、ずっと沈黙を保っていた要がぽつりと呟《つぶや》いた。

「助けられたはずなのに……傍にいたのに、刺されて倒れていくのを、見てることしか出来なかった……俺が、もっとしっかりしていたら……従妹《あいつ》を泣かせずに済んだのに」

遺影を見つめたまま絞り出すような声で吐き出された、彼の後悔。脚の上に乗せられた拳《こぶし》が、震えるほどきつく握りしめられているのが痛々しかった。

あれは、誰にも止められなかった。

人混みに紛《まぎ》れて近づいてきた男が、ぶつかったように見せかけて人を刺すだなんて、予測しようもない。

逃げようとした犯人を咄嗟《とっさ》に捕まえることが出来た要は、褒められこそすれ、咎《とが》められる理由なんてない。

「……要は、犯人を捕まえたじゃない。他にも、やれることは全部、出来ているよ」

指先が真っ白になっている要の手に自分の手を重ねて、それだけ伝える。

慰《なぐさ》めの言葉なんて、他に浮かばなかったから。

すると要の握り拳《こぶし》が不意に緩み、気付けば目の前に要の制服が見えた。

抱きしめられているのだと気付いた時、その彼の身体が震えていることにも気付いた。

「もっと……強くなりたい。大事な奴が、泣いたり、傷ついたりするところを……見たくない」

きっと要は、正義感と責任感が強すぎるんだ。だから自分をずっと責めているんだと思うと、私まで苦しくなる。

「うん」

「従妹《あいつ》を、死なせたくない。危ない目にも、遭《あ》わせたくない」

「要なら、守ってあげられるよ……もう、私を助けてくれているもの。だから、頑張りすぎないで」

「友伽里」

そんな風に心の内を明かした日から、今なお、彼はその想いを抱え続けている。

私はずっと、早く要が罪悪感から解放されることを願ってきた。

だから二十三歳のその日も、いつものように彼の背中を押すことしか出来なかった。たとえそれが、別れに繋《つな》がる選択だとしても。


要と別れて二ヶ月を過ぎた頃、ニュースを見ていた私は、彼が追っていた指定暴力団組織の幹部が逮捕され、大掛かりな家宅捜索が行われたことを知った。どうやらその幹部は、要を襲撃したことで墓穴を掘ったらしい。

その後、数ヶ月かけて四年前の従兄《いとこ》の殺人事件への関与についても取り調べられ、やがて容疑を認めた幹部が立件されたことも耳に入った。

これで要の心の負担が軽減されると思うと、自分のことのように嬉しくなったのを覚えている。

別れて以来、ぷっつりと途切れた彼との連絡。

要への想いも消えず、もらった指輪も外せないままだった私の前に再び彼が姿を現したのは、容疑者の裁判が行われたという報道があった日の夜。

少し痩せた彼の右手の薬指には、私と同じ指輪が残ったまま。

それからまた以前のように会うようになり、その年の私の誕生日。また「俺と付き合え」と、高校の時と同じぶっきらぼうな告白をされ、私は二つ返事でよりを戻した。

だけど、その後も私たちは元通りとはいかなかった。

現実は静かに、彼と私の歯車を狂わせていたのだ。

「友伽里、あいつがまたやらかしたから、行く」

デート中、電話を受けた要からそんな台詞《せりふ》を何度聞いただろう。

申し訳なさそうに言いつつ、既に椅子から腰を浮かせている要。私はもやもやした気持ちを抱えながら、いつも言葉を呑み込んでいた。

従兄《いとこ》の仇討《かたきう》ちをして、落ちついたかと思われた要の生活は、ほとんど何も変わらなかった。

理由は従妹《いとこ》。

従兄を亡くしてから、従妹の方は荒れた生活を送るようになっていたらしい。要の家族が彼女を引き取り、何度も悪い仲間のもとから連れ戻しては説得し、根気強く更生させようとしていた。

私はその度に要とのデートを反故《ほご》にされたけれど、それでも最初は我慢できた。

私がしばらく我慢をすれば、それで丸く収まると思っていたから。

だけど社会人になってからも、従妹は要たちを冷や冷やさせ続ける。

当時の彼女の行動自体は、本来悪いものではない。

カツアゲされている人を助けたり、痴漢被害に遭《あ》っている女の子を助けたり、喧嘩《けんか》の仲裁をしたり……どれも、困っている人を助けるというものだったのだ。

だけど荒れていた頃の影響か、なまじ喧嘩慣れしていたので、犯人を必要以上に懲《こ》らしめてしまい、警察から度々呼び出されている。

そんな従妹に対し要は、彼女が自立して、安心して任せられる相手が出来るまで従兄の代わりをすると決意し、それまで以上の過保護ぶりを発揮するようになったのだ。

「要」

従妹のもとに行こうとする彼を、呼び止めたことは何度もある。

行かないでと、彼にしがみつきたくなったのも一度や二度じゃない。

『私と従妹、どちらが大事なの？』

そう聞いてしまいたくなるほど、従妹への過保護が長期化するなんて想像もしていなかった。

「どうした？」

「……あまり、怒って無茶したら駄目よ」

要は左の眉頭に皺《しわ》を二本刻んだまま振り返る。それは要が不機嫌になっているサイン。

原因はもちろん従妹。

私は怒りも本音も呑み込んで、ささくれ立った気持ちも隠す。伸ばしかけた手を止めて、裏腹の言葉で毎回、彼の背中を押すだけ。

「……あぁ。また埋め合わせする」

「行っていらっしゃい」

軽く私を抱きしめて短くそう言いつつ行ってしまう要を、いつも淋しい想いで見送った。

その頃、私は二十七歳。彼と付き合ってからもう十年も経っていた。

そろそろ結婚も考えたいけれど、これではいつになるかも分からない。

それとなく話題を振っても、要ははっきりした返事をせず、うやむやにしてしまう。

私のこと、まだ好き？

ストレートに聞けたら楽なのに、怖くて聞けない。

私は、彼のことが好き。

なのに最近の彼は、傍《そば》にいても何だか落ち着きがない。従妹《いとこ》のことがなくても周囲をとても気にするようになって、どうしたのかと尋ねても何も言わない。

それどころか、元々多くなかった口数がさらに乏《とぼ》しくなり、会う機会も少なくなった。

そんな状況では彼が何を考えているのか汲《く》み取ることすら出来ない。

不安ばかりが募《つの》る中、大きな爆弾は突然、向こうからやってきた。

要とお見合いをして、結婚を前提に付き合っているという女性が、アポなしで会社にやって来たのだ。要が自分に一目惚れをして、即日プロポーズされて交際に至ったなど、聞いてもいないことを一方的に散々惚気《のろけ》てくれた。

彼女は、自分の父親は要よりも権限を持った警察官僚だと言い、豪華な婚約指輪を見せびらかしつつ、私に向かって、いつまでも要に纏《まと》わりつかずに早々に別れるようにと告《つ》げて去って行った。

私よりも若く、モデルのような美人なのに、性格はかなり自己中心的で残念――と言うのが、その時の私の正直な感想だった。

彼女の言葉の真偽は、私には分からない。

私が欲しかったプロポーズの言葉を貰ったという発言と、その指にある、私の指輪なんかよりはるかに豪華なダイヤモンドの指輪。確かに、それらに動揺したのは事実。

もしかしたら……と、一瞬要を疑った自分もいる。

だけど、要は私に対して嘘はつかない。それだけは、ずっと変わらない。

そもそも、別れるのならば、以前のように要本人がはっきりと言うはずだから。

ぐらぐらと揺れる気持ちを堪《こら》えて、彼を信じ、彼女の話は戯言《ざれごと》だと思うことにした。

その数日後、テレビでも特集された創作フレンチのお店に呼び出され、理由さえ言わず、単に冷たく「別れる」と要から告げられるまでは。

そしてまた一年後。再び私の前に現れた要は、私を捨てるようにして別れたにもかかわらず、結婚していなかった。

この一年、彼を諦めようと努力したのに、私は結局彼から貰った指輪を捨てることが出来ず、電話番号も消せなかった。心の中にある要の存在を消そうとしたけれど、出来なかった。

ひどいことをされているのに、どうしても忘れられなかった彼。

結局その時も、彼から強引に押される形でよりを戻したけれど、今はもう、私の中を占める要への感情が、愛情なのか、単なる未練なのか、それとも憎しみなのかが分からない。

要は何も教えてくれない。身体の関係もなくなった。

彼が私をどう思っているのかさえ、分からない。

そんな生殺しの関係。


ねえ、要。

どうして、私たちこんな風になってしまったんだろう。

今日は、私たち三十二歳のクリスマスイヴ。休日出勤も急いで終わらせた。

なのに……

要と会えるのが嬉しいと思うのに、それと同じぐらい不安なの。

だからお願い。
せめて食事が終わるまでは、嫌な話をしないで。
今日は私にとって、特別な日だから。

Ⅱ

「友伽里、また異動になった」

その一言に、口元に運びかけた私のフォークが止まる。

同時に、言い知れない虚脱感に襲われた。

あれほど願っていたのに、目の前にいる要はあっさりとそれを裏切ってくれた。

よりによって、どうして今日それを言うの？　どうして今日？

思わず喉元まで出た言葉を呑み込んだものの、素敵なレストランの雰囲気で久しぶりに華やかになりかけた私の気持ちは、奈落の底に突き落とされた。

見れば目の前の男は、食事に手もつけずじっと私を見つめている。

武道を続けた彼の身体は、高校生の頃よりも一回り大きくなり、今や百八十五センチちょっと。スーツもきっちりと着こなして大人の男の貫禄《かんろく》を身につけた。

幼さの抜けた顔には、警察官特有の鋭さを含んだ瞳。その瞳は会う人を怯《ひる》ませることもあるけど、同時に彼の整った顔にワイルドさを加え、魅力に華を添えている。

一見すると、現場の刑事が様《さま》になりそうだけど、実はキャリア組。

階級も警視《けいし》。今は本庁勤め。

何年かに一度、勤務先を異動し、順調に階級を昇っている。

「こんな時期に？」

「例の不祥事の尻拭《ぬぐ》いだ。めんどくさい」

数日前、某警察署で裏金問題が発覚した。署長がその裏金作りを指示していたため、更迭《こうてつ》されたとニュースで話題になったばかり。要はそこに行くのだろう。

「あぁ……それなら、署長職ね。おめでとう」

順調に昇進を繰り返し、要はどんどん私を置いて上の世界に行ってしまう。

遠ざかっていく恋人に、特別な感慨なんてもうない。昔のように、彼が成功していく様を純粋に喜べない。

張り付けた自分の笑顔が、同じ言葉を聞く度に強ばるようになったのが分かる。

要がこれから切り出すであろう話が読めてしまい、胸が苦しくて堪《たま》らない。

彼が良いレストランに私を呼んで、普段はしない仕事の話を始める時は、必ず『別れてくれ』と続く。

二度、同じ前振りで別れた過去は、私の中である種のトラウマのようになっている。

要は、別れる理由を何も言わない。聞いても、答えてなどくれない。

きっとしばらくしてフラッと姿を見せたと思ったら、『よりを戻せ』なんて馬鹿みたいにケロッとして言うのよ。

二度目の別れの時は、私も要を忘れるため、別の男性と付き合ったりもした。

だけど結局、要が戻って来るとすぐによりを戻してしまった。

別れている間だって、私は要がまた怪我をしたりしないか心配で堪《たま》らなかったのに、
彼は別れたことなんてなかったような顔をして現れる。

衝撃と哀しみを通り越し、私の中には沸々《ふつふつ》と怒りが湧いてきた。

本当に最低で、自分勝手で、気まぐれで、俺様。

その俺様男は私の胸の内など知らぬげに、眉をひそめて問いかける。

「ホントにめでたいと思ってるのか、お前」

「……体《てい》の良い左遷《させん》なの？」

「俺がそんなヘマするか」

「それなら、おめでとうで良いじゃない。どうしてそんなことを言うの？」

もっといい男なんていくらでもいるのに、完全に別れることが出来ず、ずるずると
十五年もこの関係。

仕事で将来を嘱望《しょくぼう》されるこの男は、結婚の『け』の字も口に出さないどころか、雰囲
気すら漂《ただよ》わせない最低男。なのに嫌いになんてなれなくて。

――ずっと、小さな期待を胸にして生きてきた。

『いつか左手の指にもっといい指輪をやるから』

そう言って高校生の時に要がくれた右手薬指の指輪だけが、あの時の約束と一緒に外されないまま、ずっと私の指にある。

だけどもう、約束が果たされることはなさそう。

「お前が嬉しいって顔、してないからだろ」

料理どころか、飲み物にすら口を付けない要を、私はワインを飲みながら見返した。

「どうせなら、その話は食事が終わった後に、聞きたかったなって思ったの」

「早い方が良いだろ」

普段は鋭いのに、どうしてこういう場面では鈍感なのかしら。

せめて食事が終わるまでは楽しい気分を味わいたいのに、序盤でそれをぶち壊すようなことを言う。

今日はそうであってほしくないと心の底から願ったのに、それも叶わなかった。

私が不安や哀しみに苛《さいな》まれつつも今日の約束をどれだけ楽しみにしていたのか、要は全然分かっていない。

この高級レストランに呼ばれたのは、別れ話をするためじゃないと必死に自分に言い聞かせていたの。

何故なら、今日は私にとって特別な日。クリスマスイヴ——そして、私の三十二回目の誕生日なのよ。食事に誘われたことで、私がどれだけ嬉しく思ったと思う？

この十五年、誕生日なんて祝ってくれたことのない、それどころか忘れているだろう要にはきっと分かりもしないのよ。

「私、要のそういう無神経なところは嫌い……これなら、社長と残業していた方が良かったわ」

今日も休日だというのに、朝から約束の時間ギリギリまで仕事だった。

私が長年勤めている会社は、二年前に潰れかけ、外資系企業に買収された。

そんな時、極めてつつましやかな格好で地味な仕事しかしてこなかったリストラ候補筆頭の私が、どういうわけか社長秘書に抜擢《ばってき》されたのだ。しかも、第一秘書。秘書課には、もっと若い綺麗どころが何人も揃っていたというのに。

おまけに私を抜擢したその新社長ときたら仕事中毒《ワーカーホリック》で、連日時間無視で仕事三昧《ざんまい》。私も彼に付いて残業を余儀なくされ、この一年間、要との約束を何度も潰してきた。

もっともそうでなければ、二年で会社を立て直すことなんて出来なかっただろうし、社長の努力を間近で見ていた私も、仕事を最優先にせざるを得なかった。

……違う。本当は残業を理由に、要と会うことを避けていた。

要と会っても、ただ辛いだけだって思うようになっていたから。

だけど今日は、違う。

「無神経？　俺といるより、その社長といた方が良いとか言うお前の方が無神経だろ」

要が途端に顔をしかめる。

彼の左の眉頭に皺《しわ》が二本出来た。これは、要が不機嫌になったサイン。

「……どうして、要が不機嫌な顔するのよ。いつも仕事の話題から別れ話っていう流れだから、言うなら食事の最後にするとか気を使ってくれないと、残業させられるより不愉快な時間になっちゃうって意味よ」

「誰がいつ別れ話をした」

「これからするでしょう、要が。以前のように、この流れで」

二年前もその前も、こうして別れを告《つ》げてきたくせに。

今日も惨《みじ》めになる言葉を聞かせるために、私には場違いすぎるハイクラスホテルの有名フレンチ店に呼び出して、こんな話をして。

だから私も堪《こら》え切れず、口調がきつくなる。

要は椅子の背に深くもたれ、背広の内ポケットから煙草《たばこ》を取り出した。

「ここは禁煙よ」

真新しいケースのフィルムを破り、煙草を一本抜き取ろうとした要に声をかければ、彼ははっとしたように動きを止めた。そして小さく舌打ちして、煩《わずら》わしそうに煙草をケースに戻す。

「……だから、こういう場所は嫌いなんだ」

「その割には、この手のお店をたくさん知っているじゃないの」

煙草《たばこ》が吸えない、マナーが重んじられるお店。そういった堅苦しいお店が大嫌いなのに、要が私を呼びつけるのは、いつもこういったお洒落《しゃれ》な雰囲気のお店。

そう言えば、ここ一年、要が私の前で煙草を吸っているところを見ていない。

要が煙草を取り出すのを見るの、本当に久しぶり……なんて、ふと気付いてしまった。

「……なぁ、何で今日に限って喧嘩腰《けんかごし》なんだ、お前」

「喧嘩腰？　違うわ……もう限界なの」

「限界？」

私も三十歳を超え、両親の口からも結婚はしないのかと小言が漏れるようになった。

それでなくとも、要との曖昧《あいまい》な恋人関係から生まれる不安は年を重ねるごとに膨らんでいくので、精神的に辛い。

今別れて、いつかも分からない次の復縁まで待っていられるほど若くもない。

そもそも、もう『次』は来ないかもしれない。

要だって三十二歳で、警察官僚《キャリア》。

当然、これまでもいい縁談がいくつも舞い込んでいたはず。

上昇志向の強い要には、私より、権力を持ったおうちのお嬢様と結婚するほうが有益だもの。階級は転勤と共に自動で上がっていくけれど、目標である警察庁《中央》に行くにはある程度のコネも必要らしいから。

現に二年前、要はお見合い相手のお嬢様を選んで、私と別れたはずだった。

一方的に別れを告《つ》げられた私は、ショックのあまり一月《ひとつき》くらい食事も全く喉を通らないほどに落ち込んだ。

そんな時に私を支えてくれた職場の男性。彼は私に何度も告白してくれ、やがて立ち直った私は彼のことを恋愛対象として前向きに見られるようにもなった。

そして彼と付き合い始めて数ヶ月したころ、またふらりと要が目の前に現れて、前と同じくよりを戻すよう求めてきた。

自分勝手すぎる要に、その時、私は怒りをぶつけた。

身勝手だって。私は物じゃない、もう振り回さないでほしいって。

そして、よりを戻さないと言い張って彼を追い返した。

なのに要は、あろうことか私の知らないところで私の当時の恋人と接触していたらしく、その数日後、私は恋人から別れを切り出されてしまった。

彼らが何を話したのかは知らない。当時の恋人も要も、何も教えてはくれなかったから。

自分の意思が届かないところで勝手に進んでしまった話は、もうどうすることも出来なかった。

何事もないかのようにしれっと現れた要に、また私は行き場のない怒りをぶつけた。

要は黙って私の言葉を聞いていたけれど、それでもこう告《つ》げたのだ。

『これで最後だ、俺の女に戻れ』

見れば彼は、ひどく傷ついた顔をしていた。

傷つけられたのは私の方なのに、どうして要がそんな顔をするの？

聞いても、教えてくれない。

自分の結婚が纏《まと》まらなかったから、元サヤなの？

要は私のことを、簡単に別れられて簡単によりも戻せる……そんな都合の良い女だと思っているの？

そう思いながらも、結局私は彼とやり直すことにした。

けれど、『これで最後』と言った要と同じく、私にとってもあれが最後だったのだ。

よりを戻したのは、彼が何を思って私に復縁を望んだのかを知りたかったから。

彼の中に私への愛情があるのか、そして私の中にも彼への愛情が残っているのかを確かめたかった。

十七歳からこれまで二人が費やした決して短くない時間が、無駄ではないことを確かめたかった。

この期《ご》に及んでも、自分の中に、彼の中に、愛情があると信じたかった。

でも——ダメだった。

復縁した一年前から、要に愛されている自信なんて全く持てない。

要の態度も、以前とは明らかに変わってしまったから。

強引さは相変わらずなのに、私に対してどこか腫《は》れ物に触るように接し、セックスどころかこの一年、キスもハグもしてこない。手を握ることさえない。会っても、いつも難しい顔ばかり。

元々よく笑うタイプでもなかったけど、以前はそれでもたまに笑ってくれたし、表情は穏やかだった。

私と一緒にいるのが辛いと言いたげな表情しか、最近は見ていない。

こんな状態だったら、いつまた別れを切り出されてもおかしくない……そんな疑心暗《ぎしんあん》鬼《き》にとらわれていて、彼との未来に夢も期待も持てない。

触れもしない、私といても笑いもしない。そんな彼といて、楽しいなんて思えるわけがない。

口数の少ない彼が、何を考えているのか全く分からない。

彼からの愛情が、見出せなくて。

復縁を望んだのは、他の男に靡《なび》いた私が許せなくて、生殺しにしたいから——そうとしか思えない。

これ以上、心も言葉も取り繕《つくろ》えない。彼の口から別れを聞きたくない。

「……要、私と別れて」

「はぁ？　だからお前、何怒ってんだ？　何が気に入らない」

私の口からすんなりと出た別れの言葉に、要の声が低くなる。

「怒ってないわ。貴方《あなた》の女でいることに疲れただけよ」

「なんだそれ」

「それに、私が子供を産める期間は、もうそんなに長くないもの」

「何で今さら、そんな話をするんだ」

やっぱり要は覚えていなかったのだと分かって、なんだか泣きたくなった。

早くに結婚をして、子供を産みたかった。

二十代初めの頃には、そんな気持ちを何度か要に伝えた。だけど、いつしか言うのをやめてしまった。

「……貴方にその気がないって、ずっと態度に出ていたから今まで黙っていただけ……別れを繰り返す貴方に言っても、無意味でしょう？」

結婚をほのめかす言葉をさりげなく伝えても、いつもはぐらかして。

なのに、別れてもまたしれっと復縁を求めて、くっついて……

「それは……」

「今日が何の日かも、要は覚えていないでしょう？　覚えていたら、こんな仕打ちしないわ……もう、貴方が私を愛してくれているとは、どうしても思えない……」

「ちょっと待て、友伽里。俺の話を聞け」

言葉を遮《さえぎ》ろうとする要に、私は頭を横に振る。

「聞いてどうするの？　……貴方を愛しているのか、自分の気持ちすら分からないのに……こんな関係、もう嫌……」

「友伽里、これまでのことは……悪かったと思ってる。すまない」

これまでごめんの一言だって言ったことのない要の、歯切れの悪いその謝罪に、思わず失笑してしまった。

遅すぎるその言葉を聞いても、心は揺れない。

右手の薬指から肌に馴染みすぎた指輪を外して、テーブルの上に置いた。

「……もういいの。だから、私と別れてください」

それを見て、要は深いため息を吐く。

「なんで、今日言うんだ、お前は」

半ば呆れたような声が低く響く。だけどもう半分の感情は読み取れない。

「今日、だからよ」

「……本気なんだな？」

「貴方《あなた》を試すようなことをして、どうなるの？」

「……勘弁してくれ。俺は……」

言いかけたかと思うと、要は口をつぐんで舌打ちする。要がスーツのポケットから取り出したスマートフォンは、バイブレーションとイルミネーションで着信を告《つ》げていた。

要の指が画面に伸びて止まり、そしてちらりと私を見る。

それで、かけてきたのは彼にとってどうでもよい相手ではないのだと気付く。

「出ないの？」

彼にとって、私は一番じゃない。

分かっている。彼の心が最優先するのは、私でも仕事でもない。例の従妹《いとこ》。

仕事での呼び出しは、事件絡みだから問答無用で出かけなければならないし、私もそれを嫌だと思ったことはない。

要が従妹に対して過保護になるのは、恋愛感情からではないことも十分分かっている。

それは従兄《いとこ》への贖《あがな》いの一つであり、彼女がいまだに危なっかしい行動を取ってしまうことから来る行動だ。だから私も、ずっと傍《そば》で要を支えて、文句の一つも零《こぼ》さずに耐えた。そのために、一度は別れもした。

でも、かつては好きだからこそ耐えてきたことでも、今はこうして諦めて受け流しているだけ。

長年にわたって積み重なった不満や哀しみのせいで、知らず知らずのうちに私は諦めることが当たり前になってしまった。そのせいで大事な要への気持ちすら見失い、もう彼を受け止められない。

怒りも、嫉妬《しっと》もない。心が空っぽになってしまった。

「コールが切れちゃうわよ？」

「そんな場合かよ」

要が珍しく電話に出ることを渋る。

「いつもは、遠慮なしに出るでしょう？」

「いつもと今を一緒にするな！」

要の怒鳴り声に、クラシックの流れる静かな店内が一瞬ざわついて、周囲の人の視線が私たちの方に向けられる。

怒鳴られた私は何が起きたのか一瞬分からず、呆然と彼を見上げることしか出来ない。

他の人に対して怒鳴るのはまだしも、自分が要に怒鳴られたのは初めてだった……だから怖いというより、少しだけ驚いた。

——そういえば私たち、喧嘩《けんか》らしい喧嘩もしたことがなかった。

一方的に私が感情を晒《さら》け出した一年前のあの時ですら、要は怒鳴らず冷静だったのに。

私は言葉を返せず、つり目がちの瞳をさらに鋭くした要を、ただ見つめ返した。

「……悪い」

ばつが悪そうに視線を逸《そ》らして要が謝った。

その後も要は電話に出ようとしなかったけれど、着信音が切れる気配はない。

「……緊急の用事かもしれないから、早く出て」

二人っきりでいても彼を独占できる時間は、とても少ない。

幸せな時間を過ごす私たちを無遠慮に引き裂くのは、毎回電話だった。

呼び出しを繰り返す電話の内容が、仕事だとしても、要が大事にしている従妹《いとこ》のことだとしてももうどちらでも良い。

今は早くその電話に出てほしいと、初めて思った。

長く見てきた彼が、今日は違う人のように見えてひどく居心地が悪い。

「大事な話がある。俺が戻るまで、ここにいろ」

要がそう言って苛立ち混じりに席を立とうとする。

「待たないわ」

「友伽里」

「もう待たない」

「……絶対、待て。俺が戻るまで帰るな。いいな」

要は返事をしない私にそう念を押すと、電話に出るため、人気《ひとけ》のない所に姿を消した。

逃げるに決まっているじゃない。

要の後ろ姿を見ながら私はバッグから財布を取り出した。そこからお札を抜いてテーブルに置き、重り代わりにワイングラスを載せる。

要の姿が見えなくなったのを確認して、バッグを持って椅子から立ち上がる。

もう待ちたくない。電話が終わるのを待つことすら、今は苦痛なの。

別れの言葉は、あえて返してくれなくてもいい。

そんな言葉は、聞きたくない。もう二度も聞いたのだから。

だから、これでサヨウナラ。

私はバッグからスマートフォンを取り出し、電源を落としながら店を後にした。

テーブルに、十五年間私たちを繋《つな》いだ指輪を残して。

Ⅲ

要から逃げ出してから三十分。私はまだホテルの敷地内にいた。

普段ならさっさと家に帰っていたところだけど、それだと絶対に捕まると思った。

親友の所もすぐに見つかると思ったから、あえてこのホテルに留まった。

このあたりで時間を潰して、その後どこか別のビジネスホテルにでも泊まろう。

さっきの電話が従妹《いとこ》関係でも仕事関係でも、彼はほぼ確実にそちらへ向かうと思うけど、万が一、電話だけで済む用事だったら。

要は、絶対に私を探すだろう。

私への未練ではなくて、待てと言ったのに待たなかったことへの怒りで。

それならば、下手に動いて追いかけられるより、ここにしばらく潜《ひそ》んで時間差で行動した方が良いと判断したの。

長く付き合っていれば、彼の行動パターンを読むなんて簡単だわ。

だけど、彼は私の行動を読むことは出来ない。

これまでずっと私は、彼の言うまま、望むままに待つだけだったから。

自分の手管《てくだ》を見せたことがない私の行動を読むなんて、いくら要でも無理。

明日、スマホを解約して、新しい番号に変えて、電話帳からは要の番号を消そう。

もう待たないと決めたのだから、今度こそ要を自分の心から——この先の人生からも切り離して生きていこう。

あぁそうだ、しばらくは要と交流のない友達の家に泊めてもらって、自宅には戻らないようにしよう。電話が通じなければ自宅に顔を出すかもしれないから。

ただ、契約に必要なクレジットカードは手元にあるけど、身分証明書や印鑑は家にある。どうしよう……家に取りに行って、要と鉢合わせするのも嫌だし、弟に連絡してこっそり持ってきてもらう？

ホテル内のラウンジバーのカウンターで二杯目のテキーラバックを飲みながら、私はそんなことを考えていた。

いたって冷静に。

やけ酒では決してない。

自分の心は思った以上に静かで、取り乱すこともない。

「随分と強いものを飲んでいるのだな」

不意に隣から話しかけられた。聞き慣れたテノールの声で。

右隣を見れば空席だったはずのそこに、いつの間にか上質のスーツを纏《まと》う一人の男性がいた。要を彷彿《ほうふつ》とさせるがっちりとした長身に、少し焦る。

見れば相手は金髪碧眼《きんぱつへきがん》で、彫りは深いけどどことなく日本人を思わせる顔つき。美形と言えば美形だけど、私と同じ年頃の割には少し渋みがある。その男性を、私はよく知っていた。

「か、門倉《かどくら》社長……どうしてこちらに？」

日本人とアメリカ人のハーフであるその男性は、私の勤める会社の社長、レオナルド門倉。どこのブラック企業かというほどの残業を私に強《し》いる鬼社長だ。

もっともこの人の仕事量自体、半端なく多いというのがその主な理由なのだけれど。

「俺がここでよく飲むのは、お前も知っているだろう」

見目に反して流暢《りゅうちょう》な日本語を操るその相手は、何を今更と言わんばかりの視線を私に向けている。

「それは存じています。私が尋ねたのは、何故、山積みの決裁書類の前にいたはずの貴《あな》方《た》がここにいるのかということです」

「お前がいないのでは、仕事にならないだろう」

「私がいなくても、決裁書に判子《はんこ》は押せます」

「そういったものはすでに処理済みだ」

確かにそうでなければ仕事に妥協を許さない社長がここに来るはずがない。それは分かっているのだけれど、机の上にあった書類の量を思えば、あと一時間くらいはかかると踏んでいた。いつにも増して、仕事が速い。

「お疲れさまでした。……もしかして、デートのお約束ですか？」

「それはお前だろう？　デートという名目で、俺から逃げ出したのだから。それが何故一人だ。俺から逃げ出すための口実か？」

触れてほしくないところに直球で触れてきた相手は、琥珀色《こはくいろ》の液体の中に満月のような氷を沈めたグラスを持ち上げながら、ニヤリと笑う。

「違います。十五年の腐れ縁を、断ち切ってきたところです。放っておいて下さい」

「……そう言えば、あの玩具《おもちゃ》じみた指輪をしていないな」

高校生にしては奮発した指輪でも、大人の、しかもお金持ちから見れば玩具のような指輪。

社長はそれを目に留める度に「俺の秘書ならば、立場に見合う物をつけて歩け」と言ってきた。

その他に衣服や身だしなみで注意されたことはないけれど、あの指輪を見る時だけは眉間に皺《しわ》が寄っていたから、よほど気に入らなかったのだろう。

でも、そんな風に咎《とが》められても、結局私は指輪を外したりはしなかった。

「くれた相手に返しました」

そう答えれば、不意に社長が私の右手を取り、何もなくなった薬指の根元に親指と人差し指で挟むように触れる。まるで、指輪がないことを確かめるように。

そして薄く微笑みながら言う。

「あれは、お前には似合わなかった。あんな物しか寄越さない、まめな贈り物も定期的なデートも出来ないような甲斐性《かいしょう》のない男も然《しか》りだ。ようやく別れたのだな」

「……すべての男が、貴方《あなた》みたいにまめに出来る男ではありません」

相手の手を失礼がないようにそっと離し、その右手でカクテルグラスを呷《あお》る。

そしてもう一杯、同じテキーラバックをバーテンダーに注文する。

「だからと言って、お前の男は問題ありだろう」

「……私、社長に要の話をしたことありましたか？」

彼氏がいるのは話したことがあったけれど、詳しい話は何もしていないはず。なのに、社長はまるでよく知っているような口ぶりだ。

「いや。だがお前を秘書に据える前に身辺調査をして、男関係もすべて調べ上げた。他社のハニートラップに引っかかってもらっては困るからな」

「私のプライバシー、ゼロですね……もしかして、周囲の女性にも同じことを？」

「都合の良い男女関係を維持したお前の男よりマシだと思うが？」

否定をしないところを見ると、同じように調べ上げているのだろう。もっとも社長の場合、財産目当ての女性が寄ってきそうだから、仕方ないことなのかもしれない。

「……それで、社長の今夜のお相手はどちらに？」

プライベートで会うことは稀《まれ》だけれど、その時はいつも女性が傍《そば》にいた。なのに今日はそれらしき人がいない。珍しく一人だった。

私の問いに、社長は事もなげに答える。

「鏡を見て来い」

「……私が映りますね、きっと」

要と会うために私が社長の業務を煽《あお》ったから、軽い嫌がらせをしているつもりなのだろうか。

「適当な女性でも、お呼びになった方がよろしいのでは？」

「こんな日に特定の女と過ごしてみろ、あらぬ期待をさせるだろう」

「それでは、思い切って想い人でもお誘いになっては？」

「それが可能であれば、クリスマスに仕事の予定など一切入れない」

「……私が言うのもなんですが、そろそろ身を固めた方がよろしいのでは？」

「好みの良い女がいれば、考えても良い」

社長は鼻で笑うだけで、特に怒りもしない。

容姿が良く、仕事の出来る男。それが世界規模の大企業の御曹司《おんぞうし》なら、至極当然のように女性が集まってくるもの。

だから毎回人は違えど、社長の隣にはいつも魅力溢《あふ》れる美女が寄り添っている。

けれどそのほとんどが、仕事上の接待でエスコートしているだけに過ぎない。

実は社長には想い人がいて、彼女に出会って以来、特定の女性と付き合うようなことはしていないらしい。

一応上下関係はあるけれど、社長の方が私より一つ年下で年齢が近いこともあり、そういった話を直に聞いたことがある。

それを証明するように、社長は近づいてくる女性たちに一度も手を出したことがない。

それどころか興味も示さず、しなを作って媚《こび》を売ってくる彼女らに冷めた視線を向け、辟易《へきえき》した様子すら見せていた。

それを間近で目にする限り、社長の言葉に偽《いつわ》りはないと思えた。

「ちなみに、好みの女性のタイプは?」

「ジミーチュウのハイヒールが似合う女。これで、颯爽《さっそう》とオフィスを闊歩《かっぽ》してバリバリ仕事をこなせば最高だ」

その台詞《せりふ》に、思わず噴き出してしまった。

「どうした」

「いえ、社長がジミーチュウをご存知とは思わなかったので」

「分かるさ。お前が履いている靴だ」

某映画で、ダサくて冴えない女主人公を美しく変えるきっかけになったことでも有名なブランド――ジミーチュウ。

デザインがおしゃれであることはもちろんだけど、履き心地が最高。

普通、ハイヒールって長く履いていると痛みが出たりするんだけど、このブランドはそれがない。

私も十年近く、ジミーチュウのパンプスを愛用している。

私にとってハイヒールは、武装と一緒。

日本人の平均身長を超える要の隣に立っても遜色《そんしょく》がないように。

強面《こわもて》とはいえ、無自覚に女性を引き寄せてしまう要の心を繋《つな》ぎ止められるように。

そう思って社会人になってからずっと、十センチ以上のハイヒールを背伸びするように履き続けてきた。

ジミーチュウに出会うまでは本当に色々なブランドを試したわ。

だけどそれは、脚の痛みとの戦い。

立ち仕事や歩き仕事を続ければ続けるほど、足の裏が骨ごと痛む。働く人間の履き物として、ハイヒールほど不適当な物はないのよ。

履くのをやめようかと思ったのも一度や二度ではなかった。捻挫《ねんざ》しなかったのが奇跡と思えるくらい。

そんな時、街で偶然見かけたこのブランド。靴のデザインに一目惚れをして、値札を見てその高額さに卒倒しかけたけれど、いくつも試着を重ねて、気に入った一点を思い切って購入した。

履いても痛みがないというその売り文句に、ぐっと惹かれたのもその理由。

それからずっと、この靴の虜《とりこ》。

この靴の似合う綺麗で仕事の出来る女になって、要の彼女だって言って胸を張って彼の隣にいたかった。

なのに要ってば、『痛いなら無理して履くな』だの『お前のヒールは高すぎる』だのって、靴が替わって歩き方まで変わったことに気付いてもくれないの。

だから腹が立って、絶対に履くのは止めないって言ったら、『お前、運動神経ゼロなんだから、その細い足が怪我する前に止めろ』なんて言われて渋い顔をされた。

確かにスニーカーで平らな道を歩くだけで躓《つまず》いたり、真っ直ぐ前に投げたはずのボールが後ろに飛んでいったりと、私の運動神経は壊滅的《かいめつてき》。要が隣にいる時は、ハイヒールで躓く度にいつも支えてもらっていた。

だから心配してくれるのは分かるのだけど、結局、私がそんな風に努力をしている理由なんて、要には通じなかった。

そもそも男の人に女心を理解しろって思う方が間違いなのかもしれないけれど……少しくらい、気付いてほしかった。

貴方《あなた》に似合う女でありたいんだって。

「お前はジミーチュウがよく似合う。次はそんな魅力的なお前に似合う良い男を選べ」

不意に耳に届いた言葉に、考えが途切れる。

表情も変えず私を見ている社長に、私は思わず小さな笑みを零《こぼ》す。

何だかんだ言って、慰《なぐさ》めてくれる気がありそうな上司で良かった。

要だと、こんな風にスマートには褒めてくれない。

褒めてくれたとしてもごくたまにだし、目いっぱい頑張っておしゃれしても、『まあ、良いんじゃないか？』だもの。それも照れくさそうに首まで真っ赤にして、視線を泳がせて。

でも、そんなそっけない言葉でも、女として私を意識して見ているんだって、すごく嬉しくなったのを覚えている。

あんな嬉しさももう、感じることはないのだろうけど。

「社長に褒められるなんて、今日は雪が降りそうです」

「失礼な女だな」

「毎日、仕事漬けにしてくれる仕返しです、社長」

感傷的な気持ちにとらわれたくなくてそんなことを言えば、社長は唇の端を歪《ゆが》めて笑い、ふと視線を落として笑みを消した。

「九条……どうして今日だった？」

「何がですか？」

「別れるにしても、自分の誕生日にそうする必要はないだろう？」

どうして彼氏だった要が覚えていないことを、社長が覚えているの？

その事実は、私の胸を残酷に抉《えぐ》る。

「その誕生日すら、彼氏に覚えていてもらえなかったんですよ……この十五年、何をしてたんでしょうね、私と彼」

泣きたい気持ちを堪《こら》えながら、顔の筋肉を総動員して笑みを浮かべ、茶化《ちゃか》すように答えてみせた。

新しいテキーラバックのグラスが目の前に出され、空《から》のグラスが下げられる。そちらに目を向けたら、また社長に右手を掴まれた。

今度はぎゅっと力強く私の手を包み込んでくる。

「……社長？」

見れば社長は私の方に身体を向け、その碧《みどり》の双眸《そうぼう》でじっと私を見つめていた。

その瞳があまりに真摯《しんし》に私を射抜くから、鼓動が速くなる。

「泣きそうな顔で笑うな。弱った心につけ込んで、部屋に連れ込むぞ」

その言葉に思わず苦笑いしてしまう。

想い人のいる社長に慣れない冗談を言わせるほど、私はひどい顔をしていたんだろうか。そう思うと、申し訳なさしか湧いてこない。

「私にはそんな価値も、魅力もありませんよ」

「……お前、別れて正解だ。女の自信を失わせて、自分の優位を維持してきた男などクズだ」

深いため息の後、社長は不快感を隠しもしないで、乱暴にそう吐き捨てた。

「九条、お前はこの俺が見初《みそ》めた秘書だぞ。極彩色の見た目ばかりの秘書《オンナ》の中からお前を拾い上げたのは、仕事の能力ばかりが理由ではない」

会社が企業買収される前の私は、秘書課の中では地味な容姿の上に、地味な仕事しかこなさない社員だった。

前の社長は、仕事より女遊びに力を入れていた人で、優秀な人材よりも、若くて簡単に身体を開く女性ばかり傍《そば》に置いていた。だから、会社の経営が傾いて買収されたのだけど。

身体の関係をきっぱり拒《こば》んだ私は、媚《こび》を売るのに手いっぱいの社長秘書の代わりに、長い間スケジュール調整や書類関係の裏方仕事をすべて担《にな》わされていた。

おまけに当時の上司だった泉田《せんだ》元部長もまた、前社長の腰巾着《こしぎんちゃく》で、社長と同じく女遊びの好きな人だったから、苦労はひとしおだった。しかも彼は、女は男に従順であれば良い、仕事でしゃしゃり出る女は目障《めざわ》り、という考えの持ち主だったから、私は前社長以前にその部長の不興を買ってしまったのだ。

だけど私は、膨大な仕事も泉田元部長の嫌がらせにも耐えて、その時期を乗り越えた。それは、私に助けの手を差し伸べてくれる人たちが少なからずいたから。その一人が、今の部長の佐野さん。他の皆も真面目に仕事をする人たちだったから、買収後の現在もリストラされず今の会社で働いている。

私もまた、そんな劣悪な環境で長年仕事をこなすうちに、思いがけずスキルが上がって社長秘書にまでなったし、会社と関わりのある大手の企業への伝手《つて》も多く得られたのだ。

やがて会社は買収され、前社長は会社のお金に手を付けて愛人を囲ったことを新社長——この門倉社長に暴かれて、スキャンダラスに週刊誌の誌面を飾り、刑事告訴されてただ今法廷抗争中。泉田元部長も、横領の罪で同様の状態にある。

門倉社長はその後リストラを敢行し、使えない人材を容赦《ようしゃ》なく切り捨てた。もちろん、見た目だけの仕事をしなかった秘書たちは皆クビ。

——これで少しは風通しが良くなる。

一連の流れを見て溜飲《りゅういん》を下げた私は、依願退職枠で退職届を出したのに、社長はそんな私を自分の秘書に仕立て上げた。

「仕事の能力ばかりではないって……それは貴方《あなた》に媚《こび》を売らなかったからですよね」

既に他社からヘッドハンティングの話をされていた私は、目の前の門倉社長に自分を売り込むことはしなかった。

それどころか、リストラ対象ではないのだからと退職届の受理を拒否した彼に、辞めさせろと喧嘩腰《けんかごし》でやり合った。

そんな態度が気に入ったから自分の秘書になれと言ったのは、社長だ。

「それまで儚《はかな》そうな容姿をして従順にしていたくせに、周囲に決して流されない鉄の意志で俺に向かってきただろう。そのギャップが良かった……狸《たぬき》がお前を寄越せと執着《しゅうちゃく》した理由がよく分かる」

「た、狸？」

「稲田《いなだ》と言えば、分かるか？」

稲田とは、私にヘッドハンティングの話を持ち掛けてきた大手企業の会長。年は八十にもなるけれど、この業界の重鎮《じゅうちん》で、とても怖い人物と噂されている人だ。

だけど、仕事で面識があるだけの、しかも一介《いっかい》の秘書である私を何かと可愛がってくれている。それは私が、亡くなったお孫さんに似ているからだ、と稲田会長は言っていたけれど。

「お前の仕事は速く的確で、無謀《むぼう》で難しい要求にも応えられる。俺以外の重役への配慮にも抜かりがない」

「褒めすぎですよ。長く勤めればそのくらい誰だって……」

「違う。それはお前が、人よりも努力した賜物《たまもの》だ。それに加え、お前は美しい。楚々《そそ》としながらも凛《りん》と咲く花のように」

どうして社長は、真摯《しんし》な眼差しで私にそう説くのだろう。

私を褒め殺しにするのは、今日が私の誕生日だから？　プレゼント代わりにリップサービスをしてくれているの？　それとも、慰《なぐさ》めの延長？

要はそんな風に私を喜ばせるような言葉、言ってくれたことがない……。要はそういうの、苦手だったから。

自分から別れて、ふっ切って忘れようと思うのに、他の男の人のちょっとした言動で簡単に要を思い出してしまう。要と比べてしまう。

「俺の隣に並んでも遜色《そんしょく》がないくせに、いつも自信がなさそうで、男のことには不器用で、時々、苦しげで憂《うれ》えるような表情をする……今も、別れた男のことを思い出しているだろ……もう、自由になればいい」

「……やめてください……私を泣かせたいんですか？」

手を振りほどこうとしたけれど、背中に腕を回されて強引に引き寄せられた。

要とは違う、だけど男性を意識させる社長の硬い肩口に頭が押し当てられる。

はずみで目に溜まっていた涙が零《こぼ》れ落ちる。思わず瞼《まぶた》を閉じるとそれをきっかけに、瞼の隙間から雫《しずく》がいくつも頬を伝っていく。

「もう泣いているだろう」

「泣かせたのは貴方《あなた》です」

「だから胸を貸してやる」

こんな時に、優しくしないでほしい。縋《すが》りたくなる。

だから離れようとするのに、社長の腕はなおも私の身体を引き寄せる。

「駄目です……社長の高いスーツが汚れます」

「言っただろう？　弱ったお前に付け込みたいと」

頭の上から響く社長の囁《ささや》きは、私をなだめるかのように優しく、そして甘い。

「お前が他の男のことで泣くのは、我慢ならない」

どうして社長は、そんなことを言うの？

これまでの二年間、お互いに色恋めいた雰囲気は一度としてなかったのに。

ただ、今夜一緒に過ごす相手が欲しいだけ？

単なる私への同情？

「しゃちょ……」

「一時間だけ時間をやる。好きなだけ酒を飲んで愚痴《ぐち》を零《こぼ》して決めろ。その間に自分で男を忘れるか、俺に身を委《ゆだ》ねて忘れるか」

見上げた相手の深い碧《みどり》の双眸《そうぼう》が細められ、私に近付いてくる。

軽く額《ひたい》に口付けられた後、後頭部を軽く撫《な》でられた。

社長はそのまま何事もなかったかのように私を離し、カウンターに向き直ってグラスを呷《あお》る。

私は、本気なのか冗談なのか分からないその言葉に、返事をしなかった。

それは、社長が〝今は〟その答えを求めていないからというだけではない。

どう対処したらいいのか分からないほど、彼の言葉に私が激しく動揺していたから――

§　§　§

それから一時間ほど、私は社長と飲みながら、要についてあれこれ零した。

というより、社長の方から彼の話題を振ってくるので、私は問われるままこれまでのことを簡単に答えたというのが正しいのだけれど。

社長は嫌な顔一つせず、時折頷《うなず》きながら、問いかけ以外はほとんど黙って私の話を聞いていた。

私は聞かれたことに淡々と答えているだけだったけど、少し愚痴っぽかったかもしれない。

『俺に身を委ねて忘れるか』

なんて言われたから、変な緊張をしていたのもある。

社長らしくないその言葉は、胸の中にたまった想いを私に吐き出させるための、少し強引な配慮だったのかもしれない。

額のキスだって、冷静に考えれば、ずっとアメリカで暮らしていた社長なら挨拶《あいさつ》感覚だろうし……。必要以上に意識してしまったせいか、私一人でぎこちなくなってしまった。

そもそも想い人のいる社長が、私に手を出すはずなんてないのに。

「どうした、真剣な顔で黙り込んで」

すぐ隣から声がして、我に返って横を向けば、鼻が触れそうな位置に社長の整った顔がある。

「っ！」

その近すぎる距離に、思わず飛びすさるように身体を引いてしまった。

勢いで椅子からずり落ちそうになった背中を、社長に支えられる。

「大丈夫か？」

背に回された社長の手の大きさに、わずかに心臓の鼓動が跳ね上がる。

家族と要以外の男の人にあまり触れられたことがない上に、社長の顔が訝《いぶか》しげに寄せられるものだから、さらに緊張してしまう。

だけど顔を逸《そ》らしても身体を突き放しても、自分の動揺を気取《けど》られそうで、私はじっと社長を見つめるしか出来なかった。

「す、すみません。びっくりして……」

要なら平気なのに、他の男性だと、触れられるのも、必要以上に近づかれるのも少し苦手で。

「悪かった。返事がなかったから、気分が悪いのかと思ってな。それとも酔ったのか？」

「ちょっとだけ……酔ってるみたいです」

「……そうか」

「あ、あの……支えてくださって、ありがとうございます……その、もう離していただいて大丈夫です」

私が離れると、社長は目を細めて唇の端を緩める。

「もう少し、こうしてお前に触れていては駄目か？」

「しゃ、社長、冗談は……」

「冗談ではない。それから念を押しておくが、さっきお前に課した選択、俺は本気だからな……良い返事を期待している」

耳元に顔を寄せ、周囲に聞こえないようにそう囁《ささや》かれ、全身が強張《こわば》った。

それに気付いたのか、社長は声を殺して笑う。

「そのまま、俺を男として意識し続けていろ。可愛いぞ」

「か、からかわないでください！」

結局社長に動揺を悟られたことに気付き、羞恥心《しゅうちしん》で顔が異常に熱を帯びた。思わず社長からさらに離れる。

「お、お化粧を直してきます」

椅子から立ち上がり、社長の顔を見ることも出来ないまま、自分のバッグを持って足早に化粧室へ駆け込んだ。

お洒落《しゃれ》な洗面台の前で、項垂《うなだ》れるようにして大きくため息をつく。

――今日の社長は、心臓に悪い。

私が気落ちしないように冗談を言っているにしても、あの振る舞いは性質《たち》が悪すぎる。

遊び慣れた男の姿が見え隠れする。

単純にからかわれているだけという気もするけど、慣れなくて動揺してしまう。

要は、ああいったことをする人じゃなかったから。

気の利いた慰《なぐさ》めの言葉なんて決して言えなかった。それでも傍《そば》にいてぎゅっと手を握ってくれたり、身体を抱き寄せてくれたり……それだけで、私は落ちつくことが出来た。

最近は不安な気持ちにばかりさせられたけど、昔は要の傍が一番安心できる場所だった。

彼とは、情熱的に燃え上がるような恋愛をしてきたわけじゃない。

どちらかと言えば、ゆっくりと恋に気付いて、ほんわかと幸せと愛情を感じる、穏やかな恋愛だった。

だから幸せな時は、いつも包まれ、守られているような気分だった。

そんな日々が、今、無性に恋しい。

「……………あぁ、だめ。頭、冷やさないと……」

もう別れたのだから、これからは要に頼らないで生きないと。

せめて今日一日、社長の前から立ち去るまでは、いつもの自分を装《よそお》って乗り越えなければ。

§　§　§

気持ちを落ち着けて化粧室から戻ったら、既に会計が終わっていた。

「お前が酔いつぶれる前に、場所を代える」

「……？」

そう言って社長は私のコートを持ち、入口へと向かう。私は慌ててその背中を追いかけた。

「あの、私の分の代金、いくらでしたか？」

社長に払わせるつもりなんて毛頭なかったのに。

結構飲んだから社長よりも私の代金の方が高いはずだし、愚痴《ぐち》を聞かせた上にご馳走《ちそう》になるなんて申し訳ない。

慌ててバッグから財布を取り出せば、社長が振り返って私の手を押さえ、首を横に振る。

「いらん」

「でも……」

「女に金を払わせる趣味はない」

そう言って、また踵《きびす》を返して歩いていく。こうなったら、社長は絶対に折れない。

「……社長、ご馳走様《ちそうさま》でした」

小走りで社長を追いかけてお礼を言うと、社長は歩調を落として満足そうに笑う。

「それでいい」

「誕生日に、得しちゃいました」

「安上がりだな」

「そんなことないですよ？　たくさん飲みましたし、申し訳ないくらいです」

「お前、意外に酒が飲めるようだな。見た目は弱そうなのに」

そう。私、どうしてか、見た目に反して酒が強いとよく言われる。

全く飲めなさそうに見えるらしい。むしろ人より少し飲めるくらいなのに。

「要に比べたら、全く飲めないですよ。あの人体育会系でザルなので、ビール一ケース空《から》にするのなんてしょっちゅうで……」

お酒を飲み慣れない若い頃は、二人で飲みに行っても、私は自分のペースと限界が分からず要に合わせるだけだった。それで飲み潰れたことも何度かある。

でも、要は絶対に怒らなかったし、それどころか嫌な顔一つせずにいつも介抱してくれて、「無理して俺に合わせて飲むな。身体壊すぞ」って、言ってたっけ。

それでも要と一緒に過ごせるのが楽しくて、少しでも長くそれが続いてほしくて、っい飲み過ぎて。

いつの間にか、要の方が飲む量を減らして、私に程よいお酒の飲み方を教えてくれた。

怒られたり呆れられたりしても不思議じゃないことをしていたのに……要は、優しく気を使ってくれる人だった。

「楽しそうだな」

昔の思い出に気を取られていたら、呆れたような社長の声が聞こえた。見上げれば、苦笑を浮かべた社長の顔がある。

「笑っている」

「あ……昔のお酒の失敗を思い出したら、なんだか……」

言われて初めて自分が笑っていたと気付いて、思わず視線を落とす。

どうして要のことを思い出して、笑えるのだろう。

どうしてまだ、彼を思って温かい気持ちになれるのだろう。

「笑えるような可愛い失敗か？」

「いえ、百年の恋も冷めるような失敗ですね」

「それでどうして笑う？」

「……そんな醜態《しゅうたい》を何度も晒《さら》したのに、あの人、一度も文句を言わずに付き合ってくれていたなぁって。なんだか、懐かしくて」

「そうか」

「そのおかげで、お酒の席での失敗もなくなりました」

そう。大事な仕事の席でも乱れることなくお酒をたしなむ術《すべ》から、上手にお酌《しゃく》をかわす術まで、思い返せばすべて要が教えてくれたこと。

私が今こうして、社長の前でお酒を飲んで取り乱すことがないのも、彼に色々教えてもらったから。

いけない。油断するとすぐ、要のことを思い出す。

「すみません。私ばかり話をして」

「いや……だが、女は酔ったふりをして甘えるくらいが可愛いものだ」

「そうですね……もっと女の武器が使えたら、良かったのかもしれません」

従妹《いとこ》を優先する要に、『行かないで』『もっと私を見て』って甘えて、涙の一つでも零《こぼ》して我儘《わがまま》を言えたら、違っていたのかもしれない。

本当に言いたかった言葉を呑み込んで、物分かりのいいふりをして、いつも『行って』と笑顔で送り出してばかりで……私がそんな風にしていなければ要はどうしたのだろう。

私を優先してくれただろうか……

それは分からないけど、きっと、困った顔をする。要のそんな顔が見たくなかったから、出来なかった。

だから〝我慢強い女〟を自分で作ったのに、結局自分がパンクするなんて馬鹿みたい。

「……なんて。そんな私なら、早々にリストラされていますよね」

そんなことを言いながらエレベーターの前まで来て、下降ボタンに手を伸ばす。

その手を、突然社長に掴まれた。

見上げた視線の先には、至極真面目な社長の顔がある。

「……社長？」

「お前はそのままで十分魅力的だ。女の武器など使わなくともな」

「慰《なぐさ》めはよしてください……私に魅力なんて……」

社長の褒め言葉は、私には不相応なのよ。

好きな人一人、繋《つな》ぎ止めることが出来なかった自分に、女としての魅力があるはずないもの。

全然、自分に自信なんて持てない。

「今日はありがとうございました。ここからは一人で帰ります」

社長の言葉に流されてはいけない。いくら今が私的《プライベート》な時間であっても、社長を男として見てはいけない。

このまま秘書《しごと》を続けていたいから。

きっと社長も、秘書の私が明日も使い物にならなければ困るから、私の心を浮上させようと気遣ってくれているだけ。

「お前は、あの男を忘れてはいないだろう」

そう言いながら、社長は上昇ボタンを押す。

これより上階は、スイートの名がついた客室しかない。

『俺に身を委《ゆだ》ねて忘れるか』

その言葉がまた脳裏をよぎって、心臓が苦しくなる。

思わずその手を振り払おうとするものの、社長はさらに私の手を強く握る。

「家には戻らないのだろう？　それならば、俺の部屋に来い」

「……社長の部屋？」

「俺はホテル暮らしだと、以前に言わなかったか？」

そうだった。具体的には聞いていなかったけれど、社長はマンションではなくホテルの一室を年間契約で借りて、この半年余りそこで暮らしていると言っていた。

食事の用意も衣類のクリーニングも、部屋の清掃もすべてホテルに委託すれば良いから、マンションを借りてわざわざお手伝いさんを雇うより効率的だという理由で。

社長らしい判断だと思うけど、それを聞いた時は改めて彼が御曹司《おんぞうし》であることを思い知らされたものだ。

「だから、あのラウンジバーによく行かれるんですね」

「……九条、話を逸《そ》らすな。そろそろ返事を聞かせてもらいたい」

「へ、返事？」

「選べと言ったはずだ。自分で男のことを忘れるか、俺が忘れさせるか」

何事もなかったことにしたかったのに、社長はストレートに切り出した。

冗談と受け流すのが、正しい判断だと思っていたのに……

「一時間で忘れたり、他の男性に身を任せて清算したり出来るほど、温《ぬる》い付き合いではありませんでしたから」

二度別れても、要のことを諦め切れなかった。

『最低、別れて忘れてやるんだからっ！』って思ったこともあったけれど、出来なかった。

こんな短時間じゃ、尚更……

「でも社長のおかげで少しすっきりしましたから、明日の業務に支障をきたすようなことはありません」

「そういう意味で言っているのではない」

私を見下ろす濃い碧《みどり》の瞳が、真っ直ぐに私を射抜く。仕事の時とは違う、『男性』を意識させるその表情は、少し不機嫌で、呆れているようにも見える。

「……一夜の相手をお探しでしたら、別の方をお呼びください」

二基あるエレベーターは、それぞれ上階と下階で何度か止まりながら、移動してくる。

私たちのいるフロアに上階行のエレベーターが到達し、ゆっくりと扉が開く。

社長に見送りの挨拶《あいさつ》をしようとしたら、腕を掴まれてそのまま引きずられるようにエレベーターの中に連れ込まれた。

素早く上層階の階数ボタンと『閉』を押した社長は、私の身体を壁に押しつけた。

そしてお互いの身体が密着するほどに距離を詰め、私を見下ろしてくる。

「しゃ、社長」

「言っただろう。惚れた女以外、欲しくはない」

ゆっくりと扉が閉まる音と、社長の呟《つぶや》きが静かな空間に響いた。

「それならどうして私を……」

間違っても、社長の想い人は私ではない。社長は二年前のクリスマスから一人の女性だけを想っていると言っていた。私と社長が初めて顔を合わせたのは、その後のことだ。

「惚れた女がお前だからだ……九条、お前が好きだ」

「う、嘘……だって、社長、好きな人がいらっしゃると……二年間ずっとその人のことを……嘘だったんですか」

予想もしない社長の言葉に頭の中が真っ白になり、しどろもどろになりながらやっとそう口にした。

「忘れたのか？　俺たちは、二年前のクリスマスに会っている。ここではないホテルのラウンジバーで」

上昇していくエレベーターの中、社長は自嘲気味《じちょうぎみ》に笑ってそう呟いた。

二年前のクリスマス、確かに、私は別の四つ星ホテルにいた。

要と別れて一月《ひとつき》くらい過ぎた頃で、食事も喉を通らずにぼろぼろになっていた私を見兼ねた親友が、ホテルの部屋とエステを予約してくれたのだ。バースデー祝いを兼ねて贅沢して気を晴らそうと言って。でも私は社長に会ったことを全く覚えていない。

社長ほどインパクトのある相手なら、覚えているはずなのに。

「……すみません。あの日の夜のことは、ほとんど覚えていなくて……」

「稲田が俺を紹介したのも、覚えていないのか」

言われて、ふと思い出す。

その日の夜は全く眠れなくて、既にディナーのワインで酔っていた親友に断りを入れ、一人でラウンジバーに飲みに行った。

そこに偶然稲田会長がいて、一緒に飲むことになったのだけれど、せっかくのディナーをほとんど食べられなかったせいか、私はすぐに酔いが回ってぼんやりしてしまった。そんな時、稲田会長から誰かを紹介されたのだ。

「……すみません、誰を紹介されたかまでは覚えていませんでした」

「では、不作法な女がお前に酒を浴びせて、騒動になったこともか？」

「……それは、何となく記憶に……」

理由は分からないけれど女性に絡まれて争いになって、貴方《あなた》のせいだとどこかの男性に怒ったことだけは覚えている。

その後はどうしたものか、次にスマホの着信音で目覚めた時には、宿泊していた部屋とは全く違う、スイートルームのベッドの上だった。

下着も付けない、バスローブ姿で。

起き上がれば、腰は異様にだるいし、自分の身体からは知らないソープの香りがするしで真っ青になった。

だけど同時に、覚えのある煙草《たばこ》とサムライの淡い香りもして、一瞬、何かを期待した自分がいた。

ほとんど乱れていないクイーンサイズのベッドや自分の肌を見て、そういったことはなかったと悟ったけれど、ふと周りを見回すと、ソファの上にいくつかの大きな箱があった。

そこには、一枚のメッセージカードが残されていたのだ。

『Happy Birthday《誕生日おめでとう》 Cinderella《シンデレラ》』

印刷された硬質の文字。名前はなかった。

一番上の箱には私好みのデザインのジミーチュウの靴、その下二つには下着とワンピースが入っていた。私自身の物はほとんど見当たらず、残っていたのはバッグだけ。

昨夜、着ていたはずの衣類は、すべて消えていた。

慌ててバッグを覗《のぞ》けば、お酒を飲んだはずなのにお財布の中身は減るどころか現金もカードもそのまま残っていて、後で確認してもカードを使用した形跡はなかった。

部屋代もすべて、知らない誰かが既に支払い済み……ホテルの人に尋ねても、その人については絶対に教えてくれなかった。

結局、サイズぴったりの服一式を贈ってくれた相手も、分からないまま。

要なら、こんな洒落《しゃれ》た演出はしない。だけど社長なら、簡単にやってのけるような気はする。

「……もしかして、新しい服とジミーチュウのパンプスをプレゼントしてくれた方？」

「……ようやく思い出したか？」

本当にその人が、社長であったという確証はどこにもない。

それに二年前のその日、本当に出会っているのなら、社長が私の何に惹かれたのかますます分からなくなる。

思い返す限り、好意を寄せられる要素は何もない。

それでどうして、好きだと言えるのか私には全く分からない。

「どうして、新しい服と靴を下さったんですか？」

「お前に酒を浴びせた女は、本来、俺がエスコートするはずだった。向こうが大幅に遅刻したから約束をこちらから反故《ほご》にしたんだが、女の方は待ち合わせしたあのバーにのこのこと現れ、俺がお前と意気投合しているのを見て、嫉妬《しっと》してお前に酒を浴びせて掴みかかったんだ」

ああ。確かに待ち合わせの場所に行って、自分の相手が他の女と意気投合していたら腹も立つ。そういう場面では、女は男より、一緒にいた女の方に敵意を向けるから……

「一方的に逆上したそいつのせいで、お前の服はボロボロになり、酒の染みもついた」

そういえば頭から何か液体を掛けられて、知らない女の人に髪を掴まれ叩かれそうになって応戦した覚えがある。

争い事なんて、全然したことがなかったのに。

その時はきっと、自分もお酒で心の箍《たが》が外れていたんだろうと思う。

要と別れてナーバスになっていた半面、行き場のない怒りも自分の中にあったから。

その喧嘩《けんか》で、自分も大人気なく相手に感情をぶつけてしまったのかもしれない。

「だから、詫《わ》びのつもりで着替えを用意したのだ」

「……スーツ、ありがとうございました」

その瞬間、社長の双眸《そうぼう》が鋭くなり、私の視界が遮《さえぎ》られた。

私の言葉が相手の癇《かん》に障《さわ》ったのだと気付いたのは、口付けされたのと同時。

「んんっ!?」

咄嗟《とっさ》に口を閉じ、相手を押し除けようとするけれど、逆に強い力でエレベーターの壁に身体を押し付けられる。

相手の靴をヒールで踏もうにも脚の間に社長の脚が割り込み、さらににじり寄られてはそれも出来ない。

唇を食《は》み、私の唇を割り開こうと社長の舌先がそこをなぞる。

怒りまかせにも思える、咬《か》みつくような荒っぽい社長の行動に、ざわりと背筋が冷えた。

父も温厚で怒るような人ではなかったし、弟は年が離れているから喧嘩にもならない。要だって、不機嫌になることはあっても声を荒《あら》らげたことはないし、手を上げられたことなんて一度もない。

今日初めて怒鳴られたくらいだもの。キスだって、強引にされたことがなかった。

慣れない事態に、身が竦《すく》んでしまう。これまで紳士だと思っていた相手の突然の変貌に、恐怖すら感じた。

「やっ……ぁ」

逃げたくて、必死で相手の胸を叩き、コートの襟《えり》を掴んで抵抗した。

わずかに唇が解放された隙に顔を逸《そ》らして逃げようとすれば、顎《あご》を掴まれ強引に引き戻される。

唇が触れるか触れないかの至近距離で、社長と視線が絡んだ。

「ど、どうしてこんなこと……」

「俺が渡したのはワンピースだ。どの男からの贈り物と勘違いしている」

確かに部屋に用意されていたのは、私がその日に着ていたのと同じブランドのワンピース。

普段よりも低い声と怒りを映した碧《みどり》の瞳は、まるで私を尋問するようだった。

言葉を返そうとした時、エレベーターが目的階に到着し、扉が開いた。社長は私の手を掴み、無言で私を連れてフロアへ出る。

「……っ、すみません……本当に、貴方《あなた》なのか確かめたくて……」

「何故、俺を試した」

「……相手の言うことを鵜呑《うの》みにするなと……そう私に言ったのは、貴方です」

仕事上、取引先と交渉するにあたって、前もって様々なことをリサーチするようにしている。

社長が若いということもあって、相手方に舐められて不利な条件を提示されることがあるからだ。

それを覆《くつがえ》し、こちらがより有利な条件に持ち込むには、多方面に情報網を広げてデータを集積する必要がある。

加えて相手にカマをかけて、ぼろを出させるというテクニックも、必要不可欠。

私は社長が普段していることをしたに過ぎない。

この、意味の分からない状況を打破するために。

目を逸らしたら負けのような気がして、私はただじっと相手を見据えた。

長い沈黙の後、社長の瞳に不意に穏やかな色が戻る。

「秘書としてのお前のそういう聡《さと》いところは気に入っているが、同時に女としては口説きにくい」

わずかに渋い表情を見せて身を引いた社長の唇には、私の淡い桃色のグロスが移っていた。

「今回は、お前の作戦に翻弄《ほんろう》された俺の負けだ」

社長はそう言って指で唇を拭《ぬぐ》った。

「悪い、化粧を直したばかりなのに崩してしまったな」

自分の唇をなぞったその指で、社長は私の下唇をなぞり、悪びれもなく愉快そうにうっすらと笑った。

その所作に、情事に誘う時のような男の色気が含まれていることに気付いて、思わず仕事の時には決して見ることのない、社長の男としての顔に、どう反応していいのか分からない。

こんな風に笑う社長なんて、私は知らない。

呆然と見上げていると、今度は人差し指と中指の背で頬を撫《な》でられる。

「どうすれば良いか分からないといった顔だな」

「あ、あの……しゃ……」

何か言わなくては……そう思っても、立て続けに驚かされて頭の中が整理できない。

やっと言葉が出そうになった時、聞きなれた電話の音が聞こえた。

社長の仕事専用の着信音だ。途端に社長の表情は仕事モードに切り替わり、開きかけた私の唇は指で軽く押さえられた。さらに静かにと言いたげな視線を寄越され、私は頷《うなず》きを返す。

社長はスマートフォンを耳に当て、言葉少なに相手の話を聞いていたが、やがてその表情が徐々に険《けわ》しくなる。何かトラブルが起こったのは、それを見れば分かった。

私は咄嗟《とっさ》にエレベーターの下降ボタンを押した。まだフロアに留まっていたそれはすぐに扉を開く。

「早急に情報を送れ……ああ、構わん。必要ならマスコミ対応もする」

息を呑んだ。

そう言いながら、社長はエレベーターに乗り込み扉を閉じて一階のボタンを押し、私のバッグを指差す。私はその意図を察し、バッグの中にある仕事用のタブレットを取り出して電源を入れた。

「今から向かう。車を回せ」

そう言って電話を切った社長にタブレットを渡す。

「アクシデントですか？」

「下らないゴシップの後始末だ」

「ゴシップ？」

「仮釈放中の前社長が、クラブで酔っ払って女性店員に暴力をふるって警察に逮捕された」

舌打ちした社長は、タブレットの画面に動画ニュースを映し出し、私に渡す。

画面には、ライブ映像で前社長の傷害事件のニュースが流されている。

実質、前社長はもう会社の経営には何の関わりもないけれど、『前社長』という肩書のせいで、うちの会社の名前も出てしまう。

横領事件で世間の心証が悪くなっていたところに、さらに前社長は追い打ちをかけてきた。

しかも仮釈放中に問題を起こすなんて、愚《おろ》かとしか言えない。

どれだけ前社長は人として堕《お》ちていくのだろう。

「仮釈放中に勝手に出歩いた上に、傷害事件……あの恥晒《さら》し、徹底的に裁判で潰してやる」

忌々《いまいま》しげに唸《うな》った社長は、私にコートを返して寄越す。

「会社にマスコミが何社か来ている。そちらに向かう間に状況を把握したのち、対応する」

「では、私もご一緒します」

「いや。お前はいい。社には佐野が控えて対応している」

「……でも」

いつもなら、ついて来いと否応《いやおう》なく命令するのに、どうして……同じ秘書である佐野さんがいれば、事が足りるのは確かだけれど……

「……お前の別れた男、警察官だろう。何かの伝手《つて》でお前が会社にいるのが分かったら、来るかもしれない」

タブレットを私の手から奪った社長は、パネルを操作しながらそう言う。

私は言葉が返せなかった。

要は私の勤務先を知っている。社長秘書であることも。

会社に要が来る可能性は極めて高い。

今は要に会いたくない……

会ってしまえば、仕事など手につかない。社長に迷惑をかけてしまうのも、目に見えている。

だけど今行かなければ仕事をおざなりにしてしまうようで、素直に頷《うなず》くことが出来ない。

「元々、今日の緊急対応は佐野に回していた。お前の案件ではない」

事実上の不要宣告。

結局、社長の命令に従うことに決めた。

「お役に立てそうにありません……申し訳ありません」

「九条、今日は俺に謝ってばかりだな」

「……そうですね」

本当に社長の言う通り。

思わず苦笑が零《こぼ》れた。

「お気遣い、ありがとうございます」

「気にするな。俺が、お前をあの男に会わせたくないだけだ」

「……あの男？」

「お前の別れた恋人に決まっている」

社長はスーツの胸ポケットから一枚のカードを取り出して私に差し出す。

それは部屋のルームキー。

「別れた男に見つかりたくないのなら、俺の部屋に泊まれ。どうせ俺は朝まで戻れない。ルームナンバーは6013だ」

「ですが……」

社長は強引に私にカードを握らせ、その上から私の手を握る。

「戻った時、お前に出迎えてもらいたい」

怖いほど真摯《しんし》な眼差しで、社長は静かにそう告げ《つ》げた。

「それは……秘書としてですか？」

「今はそれで構わない……強制はしたくない。だから、お前に乞《こ》いたい。戻ったら、俺にお前を口説き直す機会を与えてほしい……俺の部屋で、待っていてくれるか？」

私の手の甲に口付けた社長の瞳は、情熱的な光を帯びて私を見つめていた。

握られた手がひどく熱く、胸が苦しいくらいに締め付けられる。

――要とは全く違う、男の人。

欲しい言葉をきちんとくれて、私の答えを求めてくれる人。

それはごく当たり前のことのはずなのに、私にはひどく新鮮で、同時にとても怖いことのように思えた。

いつも強引に独りで物事を決めてしまう要に自分の意思をぶつけることなく、女として思い描《えが》いたささやかな幸せをたくさん諦めてしまった。

だから、女性としてこういう時、どう答えていいのか分からない。

「……あの……一つ、伺《うかが》っても良いですか？」

「何が聞きたい？」

「……社長は……私のどこを、お気に召したんですか？　……一年前のクリスマスは……その、醜態《しゅうたい》しかお見せしていないと思うのですが……」

その問いに、社長は唇を緩めて笑う。

「そうだな……その話もまだ途中だったな……お前が俺を待っていてくれたら話をする……いや、強制したくないと言っておきながら、これでは矛盾しているな」

少し茶化《ちゃか》すようにそう言った社長は、強引に話を進めるわけでもなく手を下ろす。

だけど、その大きな手は私の手をしっかりと握ったままだった。

再びエレベーターが緩やかに減速して止まり、どこかのフロアに到着したことを告げる音声が流れる。

階数を見れば、一階。どこのフロアにも止まることなく真っ直ぐと降りていた。

二人っきりだった小さな空間から解放された私は、社長に手を引かれ、エレベーター前にいる人の間をすり抜け、エントランスへと進む。

「出来るならゆっくり話したいが、今は時間が足りない。お前の記憶にない話も多くあるからな」

一体二年前、私は社長に何をしたのだろう……それを知るのは、怖い気もする。

怖いけれど、何故、社長が私を好きになったのかは気になる。

女としての自分に自信がなさすぎて、さっぱり思い当たらない。

「今一つ言えるのは、二年前、お前に一目惚れしていたのだろうな」

「一目……惚れ？」

「二年前も今も、お前を泣かせたあの男が許せない。お前に笑ってほしいと、傍《そば》にいてほしいと思う。だからお前の心を傷付けるあの男をお前の中から消して、幸せにしたい。九条、俺にその栄誉をくれないか？」

別れても、要を忘れることは出来なかった。

忘れるまで待つよ、と言ってくれた人はいた。だけど、結局要の存在を自分の中から打ち消すことは出来なかった。

だから、今度こそ要を振り切って前に進みたい。

「……社長が戻られるのを待ちます」

ようやくそう答えを返せば、社長が歩きながら隣の私を見下ろした。

「分かっているのか？　……待つということは、俺を男として見る気があると解釈するぞ」

「……それは、まだ難しいかもしれません……でも、前向きに考えたいと思います」

一人の男性として社長を好きになれるかどうかは、まだ正直分からない。

だけど、これまでの二年間、社長を傍で見て来て分かったのは、要とは全く違う人間だということ。

仕事の虫で時々非情な判断を下したり、連日私に鬼のように仕事を課すけれど、不思議と怖いと思ったことはないし、嫌だと思ったこともない。

厳しい反面、人を労《いたわ》ることを知っているし、人を的確に評価してくれる。

上司としてとても魅力的な人物で、尊敬もしている。

何よりきちんと言葉をくれるし、私の言葉を求めてくれるし、意思も尊重してくれる。

そんなところは要と正反対だ。

社長なら、要を忘れさせてくれるかもしれない。そんな気がした。

社長の歩みが、止まる。

ワンテンポ遅れて立ち止まろうとした私は、足を止める間もなく強い力で引き寄せられた。

気付けば目の前には、見慣れた社長のコートの襟《えり》。

要に比べれば細いけれど、逞《たくま》しい男性の腕。

「しゃ、社長!?」

まだ人の多いホテルの往来でぎゅっと抱きしめられていると理解した時には、行き交う人がチラチラと私たちを見ていた。その視線が痛い。

いくらクリスマスイヴとはいえ、こういう行為は悪目立ちしすぎる。

「くそ……どうしてくれる。お前を置いて会社に戻りたくない」

社長が唸《うな》るように子供みたいなことを言うので、私は小さく噴き出してしまった。

「駄目ですよ社長。しっかり仕事をしてください」

「笑いながら言うな」

ふてくされたようなその口調に、尚更笑えてくる。

社長のこんな一面、初めて見た。

「……早く片付けて来てください。私が痺《しび》れを切らして帰る前に」

「さっさと片付けて戻る。……戻ったら、俺をレオと呼んでくれるか?」

「……仕事以外でなら」

耳元で乞《こ》うように問われてそう答えれば、耳朶《みみたぶ》に軽く口付けを落とされた。

「そういうところも、俺好みだ。九条、愛している」

甘美な色気を含んだ声に胸が高鳴るのと同時に、心のどこかがチクリと痛んだ。

Ⅳ

迎えの車に乗った社長を見送り、私は先ほど渡されたカードキーで彼の部屋に入った。

スイートルームだけあって、そこは普通の部屋とは一線を画していた。白を基調とした高級そうな調度品の数々に、庶民の私はただ圧倒される。

結局、一人で待っていても時間を持て余すだけと分かっていたので、部屋にあった社長のラップトップパソコンを起動させた。事前に承諾は得ている。

そして佐野部長とメールでやり取りしながら、離れたこの場所でも出来る処理を行う。

じっとするだけの時間が苦痛になったのは、きっと休日らしい休日もないほど働いて、傾きかけた会社を立て直してきた社長の傍《そば》にいたから。

当初、御曹司《おんぞうし》の気まぐれ、あるいは話題作りとさえ揶揄《やゆ》された、うちの会社の買収騒動。

確かに社長の一族が経営する会社は、証券業界では世界的に見てもトップクラス。社長の二人の兄も同業界では有名な人たちだった。

だけど私がひそかに社長のことを調べた時、三男の彼はそれまでこの業界で目立った功績を上げてはいなかった。どちらかというと兄弟の陰に隠れている人という印象が強い。サイバービジネスをしているうちの会社なんて、全くの畑違い。

だから、誰もが再建は上手くいかないって思っていたし、私も最初はそう思っていた。

だけど一緒に仕事をし始めて数日で、その見方は変わってきた。

社長は、サイバービジネスに関しても前社長以上に理解していたし、業界とのパイプも個人的に多数持ち、会社を立て直すには十分すぎるベースを備えていた。

無名新人社長と足元を見られ、商談がなかなか上手くいかないことも少なくなかったけれど、社長はそんな日々を乗り切り、ようやく今、会社の信頼を取り戻し始めたのだ。

彼が心血を注いだ成果を、道楽者の前社長に踏みにじられるのはどうしても嫌だった。

その一心で仕事を片付け、一旦落ち着いたところで、私は腕を伸ばして固まった肩の筋肉を伸ばす。時計を見れば日付が変わる目前。

「……あ、理哉に連絡しないと」

上の弟の友樹は既に結婚して、奥さんと去年生まれた子供の三人で暮らしている。下の弟の理哉は、私や両親と一緒に賃貸マンション暮らし。

理哉は高校三年生になった。今年十二月頭に彼女と別れたとかで、今日は家にいると言っていたから、彼に連絡するのが無難だろう。

おそらく両親も理哉も、テレビを見てうちの前社長のニュースを見ているはず。

スマホも電源も切ったままだし、何も言わずに外泊したとなると、三十過ぎの娘とはいえさすがに両親も心配するだろう。

部屋から電話をかければ、二コール待たずに理哉が出る。

『もしもし？』

「あ、理哉？　ごめんね、友伽里だけど、父さんたち起きてる？」

『……もう寝た。ところで姉貴、今度はあいつに何されたんだよ』

ものすごく不機嫌な声で出た理哉は、相手が私だと分かると、ため息をつきながらそう尋ねてくる。

これは、もしかしなくても要が家に来たのかも。

「……もしかして要、家に来た？」

『あぁ、要？　さっきまでいたけど、いい加減でかい図体がうざいから叩き出した』

理哉は、初めて会った時から要のことを毛嫌いしていた。年上の彼を呼び捨てにするし、扱いがぞんざいというか……敵意剥《む》き出し？

要も理哉が苦手だったらしく、私の家に来て理哉に噛みつくように喧嘩《けんか》を売られる度に、げんなりした様子で部屋からつまみ出していた。要が言葉でやり込められたのも一回や二回じゃない。

二年前に別れ、また一年前によりを戻して以降は、理哉の要に対する当たりはさらに強くなった。私が彼と電話していると受話器を取り上げて、機関銃のように文句を言って勝手に切ってしまうことも多かった。

「……そうだったの。ごめんね、迷惑かけて」

『別に。珍しく血相変えて慌てふためいている姿見てザマァとか思ったし、姉貴の代わりにボロクソ言っておいたから、まあ気にしなくても良いよ』

電話越しだけど、向こうで理哉が良い笑みを浮かべているのが分かる。

我が弟ながらちょっと性格が悪いのよね、理哉……私の育て方、間違ってたのかなあっていつも思う。

『んで、要との食事の最中に逃げたんだって？』

「あ……うん」

『それでスマホの電源、落としてたんだ。やるじゃん。さすが、俺の姉貴』

それは、褒められるところなのかしら……理哉とは年が離れすぎているから、考えていることがよく分からないわ。

『散々姉貴のこと振り回してるんだから、姉貴もちょっとは振り回して困らせてやればいいんだよ』

要、別れ話をしたこと、理哉に言わなかったの？

……言えるわけないか。自分から別れを切り出したわけじゃないし。言ったら、確実に理哉から口撃される。

『ああいう図に乗った男は、一回ガツンとシバキ倒して、従順になるように躾《しつ》けた方が良いんだよ。どっちがボスか分からせないとさ』

「さ、理哉……要は動物じゃないんだけど……」

『あ？　あんな奴、姉貴泣かせた時点で獣以下』

これまで理哉が要をどう思っていたかがよく分かる発言に、ちょっと目眩《めまい》がした。

『職場の方は？　なんか、ニュースで前の社長が捕まったって言ってたけど』

「うん。今、その処理が少し落ち着いたところ」

『姉貴も、誕生日だったのに災難だったな。あ、兄貴夫婦からプレゼント預かってるし、姉貴の好きなイチゴのフルーツタルト、ホールで買ってあるから、帰ってきたら好きなだけ食って元気出せよ』

「……ありがと」

こういうところは優しいんだけどね……

『まだ仕事、残ってるのか？』

「うん。上手く行けば朝方、家に戻れるかもしれない」

その頃になれば要も仕事に行くから、さすがに実家に来れないだろうし。それに、出来れば着替えたい。平日はスーツが必須だし、下着もね。

『最近休日も出勤だし、帰ってきてもいつも午前様だろ？　姉貴の会社、ちょっと働かせすぎじゃねえの？　ブラック化したのか？』

「今日のはイレギュラーだし、十二月だから特に忙しいだけよ。年が明ければ色々と落ち着くし、年末年始はちゃんとお休み貰えるから……」

最近、両親の顔もまともに見ていない。

顔を合わせれば、仕事がきついんじゃないか、結婚はいつするのかとか、小言のように言われるようになった。

正直今はそんな両親に少し会いたくないから、ちょうど良いのだけど。

ただ休みに入ると、仕事を口実に逃げるわけにもいかないから、ちょっと憂鬱《ゆううつ》。

『それならいいけど……親父もお袋も、姉貴が働きづめだから、そのうち身体壊すんじゃねえかって心配してる。だから、たまには早く帰ってこいよ』

「……分かっているけど、結婚のこと言われるのがね……」

私の気持ちを察知したのか、理哉が先手を打つようなことを言うのがちょっと辛い。

本当は、両親が小言を言うのは、私を心配しているからだって分かっている。

結婚を勧めるのも、休日出勤も残業も当たり前の生活で疲れ切って帰ってくる私を見兼ねてのことだっていうのも。

両親だって年老いてきたから、いつまで元気でいられるかも分からないし、そろそろ老後も心配なんだろう。

こんな風に娘が仕事ばかりでは安心できないことも分かってはいるけど、これはかりは私だけの問題じゃないし、どうにもならない。

これまで結婚したいと思っていた相手とは、もう別れてしまったし。

『姉貴さ、なんで要と結婚しないわけ？　別れてもより戻してるのに』

ストレートすぎる言葉に、ずきっと胸が痛む。

「向こうにその意思がないなら、仕方ないでしょ」

『……はぁ？　要の奴、姉貴と結婚する気もないのに、別れた時に親父やお袋に頭下げてたのかよ』

「……何それ。要、そんなことしてるの？」

『俺が見たのは……九年くらい前に、この地域のヤクザが立て続けに抗争して事件起こした時だったかな』

その時、要は暴力団を取り締まる管轄《かんかつ》にいた。

そして、彼が銃撃されて怪我をし、私たちが別れた頃でもある。

「確かにその頃、別れたけど……」

『要、暴力団から恨み買っただろ？　そのせいで、姉貴を拉致《らち》して、どうこうするっていう計画があったらしいんだよ。だから姉貴の身を守るために、その計画を立てた主犯が捕まるまでこっそり警察が守ってたんだよ』

「なにそれ……私、知らない……」

『要が、姉貴を無駄に怖がらせたくないから教えるなって箝口令《かんこうれい》をしいたんだと。ついでにこのまま自分の傍《そば》にいると姉貴が狙われる可能性が高くなるから、要、自分の我儘《わがまま》で一方的に別れることになったって、親父たちに頭下げてた』

知らない。そんなこと知らない。

だって、要は私にそんなこと一言も言わなかった。

『許されるなら、その事件の片《かた》が付いたら姉貴と結婚したいって言ってたんだよ。けど親父が、要と結婚したら常に姉貴がそういう危険に晒《さら》されるかもしれないって、要との付き合いとか結婚にずっと難色示してた』

確かに付き合ってた頃、父は要の話を聞くと、渋い顔をしていた。

だけど私は、両親と要の間でそんな話がされてたなんて何も聞かされていない。

私が知らないところでどうしてそんな話が進められて、どうして当人である私が置き去りにされていたの？

ひどすぎる。

『てか、姉貴、要から聞かされてないのかよ』

「聞いていないわ」

短く口を突いて出た言葉は、驚くほど冷めていた。

『……姉貴？』

「……どうして理哉は知っているの？　要に聞かされたの？」

『ンなわけねえじゃん。俺が夜中に目を覚ましたら、リビングで親父たちと要が話をしてるの見つけて盗み聞きしたんだ……まあ、聞いたって言っても、自分の騒動に姉貴を巻き込みたくないってところだけだったし……俺、あの頃は要の奴をヤクザだって思ってたから、姉貴はあいつに騙《だま》されてんだと思ってた。だから、別れるならちょうどいいって思って、その時は親父たちにも詳しく聞かなかったし、姉貴にも言わなかった』

暴力団を相手にする部署に代わってから、要は相手に舐められないよう、服装も雰囲気も彼らと変わらないものにしていた。だから要をヤクザだと勘違いする人は多かった。デートをしていたら、街で本職の人に挨拶《あいさつ》されることもあったくらい。理哉が子供の頃に勘違いしていたとしても、仕方ないとは思う。

だけど、どうして私が蚊帳《かや》の外なの？

家族も要も、どうしてこんな大事なことを言ってくれなかったの？

その時は言えないにしても、要はよりを戻した時に私に事情を説明することだって出来たのに、それをしなかった。

しかも今になって、そんな話を弟から聞かされるなんて……

要が警察官になったのも、従妹《いとこ》に過剰に手をかけてきたことも、従兄《いとこ》への罪悪感から
だって理解しているつもりだった。

だから私も、これまでずっとそれについては文句は言わなかったし、言えなかった。

それを含めて要だと思ったから。

だけど、私が彼を理解することと、要が私に説明をしないこととは別問題。

私だって、言ってくれなければ分からないことはいっぱいある。

私は、要にとってそういう説明をする価値もない女？

何も言わなくても、黙って許してくれるような都合のいい女？

そんな風に思っていたのだとしたら……

我慢をしないと決めた心の中に湧いてくるのは、悲しいとか、辛いなんて感情じゃない。

ただの怒りでしかない。

『俺は一年前により戻した時に、親父が愚痴《ぐち》ってたのを聞いたんだけど、姉貴もその辺の話は聞いているって思ってた。だから、要を許してまた付き合い出したんだって思ってたけど……違うのか？』

電話口で理哉が何か言っているけれど、頭の中に入ってこない。

『……姉貴？　聞いてんのか？』

「………ごめん。仕事に戻らないと」

『あ、ちょ、姉貴!?』

耳から離した受話器から理哉の声が聞こえてくるのも構わずに、私はそのまま電話を切った。

同時に、脚の力が抜けてその場にへたり込んでしまった。

頭がくらくらする。

仕事に集中して忘れていた酔いが、一気に回ってきたみたい。

身体を支えられなくて、近くの棚にもたれかかる。

「何で……」

別れた後に何でこんな話を聞かされないといけないの？

そんな隠れた優しさは、要らない。

言葉が全然足りないし、いつも自分勝手にするくせに、変なところだけ律儀《りちぎ》でまめまめしくて。

結婚する意思が要にも一度はあったなんて、今更知らされたくなかった。

今知ったって、もう終わってしまったことなのに……

忘れようとしているのに、要の存在は蔦《つた》のように伸び広がり、私の心に絡まってくる。

逃れようとすればするほど、縛り付けられていく。

「もう嫌……」

腹が立つのに、それでも彼を嫌いになり切れない自分がいい加減嫌になる。

嫌いになりたい。

残酷な優しさを見せる要を。

温かいものがいくつも頬を伝い落ちて、ぽたり、とワンピースの裾《すそ》に落ちる。それを手で拭《ぬぐ》えば指が濡れる。

自分が泣いているのだと気付いて、何故だか笑えた。

さっき別れ話をした時には泣かなかったのに、ひねくれている。

もっと早く、女の武器だろうと何だろうと使って要に縋《すが》りついて、全部吐き出せば良かった。そんなことを今頃になって思うなんて。

それが出来ず、ここまでずるずる引き延ばして逃げていたことが、すべての答え。

いっそ全部、心の中にあるものが涙と一緒に流れて消えてしまえば楽なのに……

だけどそんな感傷に浸《ひた》っている間もなく、パソコンから呼び出し音が鳴る。インターネット電話のコール音だ。

それが社長からのものだと気付いて、すぐに涙を手で拭いながら立ち上がる。洗面台へ行き鏡を見ながら、ティッシュで極力メイクを崩さないように拭いた。

目がわずかに赤いけれど、それを誤魔化せるだけの余裕はない。鼻をすすり、何度も深呼吸を繰り返しながらパソコンの前に戻る。

コールを取れば画面上に社長の姿が映る。

珍しくスーツの上着を脱ぎ、ネクタイを緩めていた。

バック画面は車の……中？

『どうした、眠っていたか？』

「いえ……少し目が痛くて……目に何か入ったようなので、水で洗い流していました」

つらつらと出る言いわけ。

泣いていたと、ばれたくない。

極力、普段通りにしなければ。

『……もう大丈夫か？』

「はい。社長は今、移動中ですか？」

努めて穏やかな笑みを浮かべてそう尋ねれば、社長は頷《うなず》く。

『ああ。そちらに戻っているところだ』

時間を確認すれば、日付が変わってさほど経っていない。もう二十五日だ。

「もう会社の方はよろしいんですか？」

『問題ない。お前と佐野のおかげで早く処理できた。何か必要ならいつも通り連絡が来る』

「そうですか。お疲れ様でした」

『お前も疲れただろう。休日だというのに、昼間もずっと俺に付き合って』

「それは、いつものことですから」

『そう聞くと、俺はひどい上司だな』

「二年前に私の退職届を破り捨てた時点で、ひどい上司でしたよ」

茶化《ちゃか》すように笑いながら答えると、社長が苦笑いを浮かべる。少し——淋しげに。

『そうだな。最初はよく言い争ったな。辞める、辞めないで』

「簡単に受理されると思ってましたし、まさか私が社長秘書になるとは思わなくて」

『少し調べれば、お前が前社長絡みの秘書業務を、すべて取り纏《まと》めていたのは分かる。素行も良ければ尚更手元に置きたいと思うだろう。実際、お前は俺の無理を聞いてよく働いてくれている』

「社長は、褒め上手ですね」

どうして社長はそうやって、私の沈んだ心を浮上させてくれるのだろう。

私の返事に、社長は首を横に振った。

『……本当は、やっと出会えたお前を手放したくなくて必死だっただけだ。たとえ、お前が別の男と付き合っていてもいい。単なる部下としてでもいい……滑稽《こっけい》なほど、俺は必死だった……』

「社長……」

『こんな俺では、お前の支えにはなれないか？』

ディスプレイ越しの社長が、静かに尋ねてくる。

『九条、俺は頼りないか？』

一瞬、何故そんなことを聞かれたのか、分からなかった。

『泣いていたのを隠して、何でもないように装《よそお》わねばならぬほど、俺は頼りないかと聞いている』

泣いていたこと、見抜かれていた。

「……私、そんなに簡単にばれてしまうほど、ひどい顔をしていますか？」

『いや。他の奴なら気付かないだろう』

「……まさか、カマをかけたんですか？」

『いいや。ただ……二年前に出会った時のお前も、今のような目をしていたからな』

「……目？　泣き腫《は》らした目ですか？」

『幾度も悲しみを呑み込んだ目だ……辛さを隠しているようで、痛々しい。出会った時も、どうしてそんな目をしているのか、ひどく気になってお前から目が離せなかった……だが、それが別れた男のせいだということは、すぐに分かった。今、お前にそんな目をさせたのも、あの男だろう』

ずくりと、心臓を抉《えぐ》られた気分だった。

傍《そば》で見ていたわけでもないのに、どうして社長は私のことを見通してしまうの？

画面なのに真っ直ぐ私の目を射抜いてくる社長の眼差しが、私の心を裸にしていくようで……

『俺がいない間に、あの男でも来たのか？』

「……違います」

『では、どうしてお前はそんな顔をしている』

「……弟に電話を……私、要が何をしていたのか……全然、しらっ……」

平静を装《よそお》って言葉を紡《つむ》ごうとしたのに、嗚咽《おえつ》が漏れて最後まで話せない。

手で口を押さえるけれど、止められなくて。

「す…………っ、ま、せん……」

感情を堪《こら》えようとすればするほど、気持ちが溢《あふ》れて、止めたはずの涙もまた零《こぼ》れ落ちていく。

『……九条、あと数分で着く。動かずそこにいろ』

わずかに苛立った声で早口にそう言った社長は、通信を切る。

私はその場から動けなかった。涙を拭《ぬぐ》うことも出来ないまま、声を殺して泣くだけで。

どのくらいの間そうしていたか分からない。

耳に、来客を知らせるベルが響く。ふらふらと立ち上がり、扉の前に行き、相手を確認することなく、鍵を開けて扉を開いた。

　すると、廊下側から強く扉を押される。

　その勢いで身体が数歩、後退《あとずさ》った。

　何事かとようやく顔を上げた瞬間、部屋の中に入ってきた相手に口を塞《ふさ》がれ、肩を掴まれる。そしてそのまま壁に激しく身体を叩き付けられた。

　見れば、目の前に鋭利な光を放つ刃物がある。

　何が起こったのか、一瞬分からなかった。

「不用心だな、九条。そんなにあの社長を待ち焦《こ》がれたか」

　険のある声で私を見下ろしてきた男の姿に、私は目を疑った。

「泉田……部長……」

　塞がれた口では、その言葉は音にならなかった。

　けれど、相手は私が自分の名を呼んだことに気付いたようで、形容しがたい嫌な笑みを浮かべ、私の喉にナイフの刃を近づけた。

「久しぶりだな、九条」

　前社長の頃に秘書課の部長をしていた泉田元部長。

　前社長に言われるままに女性秘書をあてがい、前社長が会社のお金に手を付けるのを手助けしながら、その傍《かたわ》らで自らも会社の金を横領していた。

それが門倉社長によって暴かれてクビになり、現在前社長と同様に法廷闘争中だった。

「俺は会社をクビになって、女房子供に逃げられ、ここまで堕《お》ちたと言うのに、お前はあの男に取り入って良い身分だな」

ぼさぼさに伸び散らかした白髪《しらが》の多い髪と、顔を覆う無精髭《ぶしょうひげ》。痩せこけた顔に血走った目をして、羽振りのいい頃の面影なんてほとんど残っていない。

「あのムカつく若造のせいで、俺がどれだけ辛酸《しんさん》を舐めたかお前に分かるか？」

それは言うなれば自業自得《じごうじとく》で、そんなことで怒りを他人に向けること自体間違いなのに。

この泉田元部長は、一緒に仕事をしている時からミスが多い人だった。だけど自分の非を認めず、その責任を部下に転嫁《てんか》していた。

それでも部長職に留まることが出来たのは、前社長の言いなりになって、部下である女性秘書を強引に彼の愛人に据えていたから。

そして、女性の社会進出に対して快く思わず、ましてや女性が自分と同じ職場で台頭《たいとう》することを善しとする人ではなかった。

「俺を不幸にしたあの男に一泡吹かしてやろうと思っていたら、お前と親密そうに歩いてるじゃないか。前の社長の女になることを拒《こば》んで、お高くとまっていたお前がなぁ」

抵抗しようとして首をよじるけど、口を塞《ふさ》ぐ相手の手がきつく頬を締め上げ、その瞬間、喉にちくりと鋭い痛みが走る。

痛みを堪《こら》えながら相手を見れば、落ちくぼんだ目が爛々《らんらん》とした光を放ちながら私を見ている。明らかに常軌を逸《いっ》しているその様子に、恐怖のあまり身が竦《すく》む。

この人、社長を刺しに来たの？

「ボンボン社長を殺してやろうと思ったが、その前にお前にも制裁を加えてやらないとな」

制裁？　何を言っているの、この人は……

「お前は初めから気に入らなかったんだよ。女のくせに、男の面子《めんつ》潰すような仕事ばかりしやがって。そのくせ、会社に残るためにあの若造の前で股でも開いて媚《こび》売ったんだろ？」

なんでこの人は、こういう卑《いや》しい考え方しか出来ないのだろう。

冷たい感覚が喉から下へと滑り落ち、ワンピースの襟首に引っ掛かる。その直後、一気に布を裂くような音が響く。

ひんやりとした空気が身体に触れ、服が引き裂かれたのだと知って、全身に鳥肌が立った。

「んんっぅ！」

怖くなって声を上げれば、泉田元部長はニタリと絡みつくような不愉快な笑みを浮かべた。

「割と良い身体してるじゃないか」

絨毯《じゅうたん》の上に金物《かなもの》が落ちるような鈍《にぶ》い音がして、裂かれた衣服の間から男の手が入り込む。その手は私の腹をねっとりとした手つきで撫《な》でてきた。

「んんっ!!」

冗談じゃない。

どうしてこんな男に、こんな真似されないといけないの?

咄嗟《とっさ》に、ヒールの踵《かかと》で男の足を革靴の上から思いっきり踏みつけてやる。

「いっ!」

口元を覆う手が離れた瞬間、身を屈《かが》めた男の向こう脛《ずね》に蹴りを入れ、思うように動かない足で外に出る扉に向かう。

震えて定まらない指で扉を開き、廊下に飛び出す。

誰もいない廊下をもつれそうな足で走り、エレベーター前に着いたところで下降ボタンを何度も押した。

エレベーターは徐々に昇ってくるけれど、その時間がひどくもどかしい。

「この、クソアマっ!」

ふらふらと泉田元部長が部屋から出てくる。手にナイフを持って。

そしてぎらぎらした目で私の姿を認めると、ナイフを振り上げながら私に迫ってきた。

怒り狂ったその表情に、刺されるのではないかという恐怖を覚え、また脚が震える。

まだ十数階下にいるエレベーターを待つ余裕はない。でも、逃げようにも身体が強張《こわば》り、脚がもつれて上手く走れない。

かろうじて壁を伝いながら小走りするけれど、ピンヒールの不安定さと身体に残ったアルコールに邪魔されて、徐々に間合いを詰められる。

突然背後から髪を掴まれ、強い力で後ろに引っ張られた。そのまま私は右側の壁に身体を叩き付けられた。

右肩と右の頭を強打して一瞬頭が白くなり、バランスを崩してその場に崩れるように座り込んでしまう。

逃げようとしたけど、掴まれた髪をまた引っ張られ、喉元にナイフを突き立てられる。

「おら、立て！　早くっ！」

「い、嫌っ……離してっ！」

突きつけられた刃の先が、喉にちくりと食い込む。

「いいから立てっ！　刺されたいのかっ！」

怖い。本当に刺されてしまいそうで……でも、このまま相手に従っても何をされるか分からない。

時間を稼げば……もうすぐ社長も戻ってくる……どうにかしてくれるかもしれない……

動けないでいる私を、泉田元部長が無理矢理立ち上がらせ、引きずるようにして歩き出す。

抵抗するけど頭の痛みがひどく、私は髪を掴まれたままのろのろと相手に引っ張られていく。

「いやっ……誰かっ」

叫び声を上げたいけど、怖さで喉がカラカラに渇いて、か細いかすれたような声しか出ない。

どこかの部屋の前で止まったかと思うと、ドアノブを動かす音がする。

わずかに見えた部屋のナンバーは、さっきまで私がいた社長の部屋。

「ちっ！　なんで開かない！」

だけど、オートロック式の扉は開かない。

「くそっ！」

焦《じ》れた泉田元部長は扉を蹴り飛ばし、左右を見渡してまた歩き出す。

そしてリネン庫の札が付いた部屋の前に来ると、扉を開いて私を押し込めようとする。

このまま密室に押し込められたら、何をされるか分からない。

入口のふちに手をかけ、突っ張って必死に抵抗する。

「さっさと入れっ！」

「いやぁっ！」

突っ張った腕を何度も殴られる。だけど爪を立てるように手に力を込め、歯を食いしばって我慢する。

「早く入れ！　ぶっ殺すぞ！」

「ぃやっ！　助けて」

早く、来て。

「…………っ、……め……かな……め……たすけ……て」

耐え切れない恐怖に無意識に口をついて出たのは、要の名前。

別れると言ったのは自分のくせに、舌の根も乾かないうちに助けを求めるなんてどうかしてる。

勝手なのは分かってる。だけど、彼しか頭に浮かばない。

「要……助けてっ！　要っ！」

私がこの場所にいることさえ知らないのだから、来るはずがないって、無駄だって分かっていても何度も呼んでしまう。

呼ばすにはいられなかった。

その時——

「な、何しやがるっ！」

泉田元部長が、突然苦しげな声を上げる。

同時に、私の腕を殴っていた拳《こぶし》が離れ、髪を引っ張っていた手の力も弱まる。かと思ったら、泉田元部長が身体ごと私から離れていく。

ずるずるとその場にへたり込んだ私の目に、刃物が絨毯《じゅうたん》に落ちる光景と、泉田元部長が廊下にうつぶせに倒され、背後から腕をひねり上げられている姿が映った。

「放せっ！」

「お前、俺の女に手ぇ出すとは、いい度胸だな？」

自分を取り押さえている相手を見上げた泉田元部長は、その瞬間抵抗を止め、顔を大きく歪《ゆが》めた。

だけど私は、何が起こったのか分からなかった。

「ど……して？」

まるで、夢を見ているようだった。

見間違えるはずがない。

そのスリーピースのスーツを着た長身の人を。人相が悪いと言われがちな目つきを、さらに鋭くして泉田元部長を睨《にら》む人を。

俺様で、大事なことも言わずに好き勝手するくせに、私が困った時は絶対に助けに来てくれる人を――

「や、ヤクザっ⁉」

「俺は警察だ、馬鹿野郎。……泉田庸一《よういち》、銃刀法違反と暴行罪で現行犯逮捕だ」

そう言って、要は泉田元部長の手に手錠をかけた。

「要……」

もう、来てはくれないと思っていたのに、来てくれた……。

これで大丈夫……。

そう安堵《あんど》した途端、私の意識はブラックアウトした。

V

目が覚めたのは、どこかのベッドの上だった。

目の前には、私を覗《のぞ》き込む両親と弟二人の姿があった。

母さんは泣き腫《は》らしたような目をして、父さんは憔悴《しょうすい》し切った顔をして。

友樹と理哉は、ほっとしたような顔をしていた。

どうして家族が揃っているのか、今いる場所がどこなのかも最初分からなかった。

でも、大丈夫かとか、痛い所はないかとか、危ない目に遭《あ》ったなとか、心配したとか矢継《やつ》ぎ早《ばや》に言われて、私は自分が泉田元部長に襲われたことを思い出した。

左の腕には点滴がつながっていた。

そこで、気を失って病院に搬送《はんそう》されたことを教えられ、自分がいるのが病院の個室だと分かったところで、医師が来て私を診察した。

聞けば、頭を打っていたから運ばれてすぐに頭のCTを撮ったけれど異常はなし。首はナイフを突きつけられた時に何ヶ所か少し皮膚を切られていたが、幸い痕《あと》が残らない程度の傷だったと説明された。首にそっと触れると、そこには大きなガーゼが当てられているようだ。

殴られた腕も、骨折はなかったけど、打撲《だぼく》による内出血がひどいらしく、湿布が貼られ大げさに包帯が巻かれていた。

先生には、大事をとって朝までは病院に泊まるように言われた。

ただ、受け答えもしっかり出来るし、身体に痛みはあるけれど脳の異常が疑われる症状は何もないから、家族が泊まる必要はないらしい。

そこでようやく、両親もほっとした表情を浮かべた。

先生と入れ替わりに、女性と男性の警察官が事情聴取に来て、私は弟たちを残して両親に外に出るよう促《うなが》した。さすがに疲弊した両親の前で事件の話をするのは、はばかられたから。

弟たちも両親に少し休んでくるよう勧めてくれたので、二人は病室の外に出た。

私は身体を起こして、思い出せることはすべて話した。途中の記憶が一部飛んでいたり、話しているうちにその時の恐怖が蘇《よみがえ》って、言葉に詰まったりしたけれど。

やがて聴取を終え、警察官は帰って行った。

警察官が立ち去った後、友樹がボソリと呟《つぶや》く。

「……姉ちゃん、要さんと付き合ってんだろ？　社長ったって、何で男の部屋にホイホイ入ってんだよ。仕事なら、会社について行けよ」

「兄貴、それはさ」

「理哉は許せるのかよ！　付き合ってる女が、他の男の部屋にいるんだぞ。　理由が何で

あれ男からすれば、姉ちゃんのしたことは最低だ」

口を挟もうとした理哉を、普段おっとりしている友樹が一喝した。

「襲われている姉ちゃんを助けた要さんが、今どんな気持ちか分かってんのかよ。俺だったら、たとえ姉ちゃんでも助けたいとは絶対思わないし、絶対許せない。正直、要さんも煮え切らない態度でイラッとするけどさ、姉ちゃんも似たようなもんだろ。他の男が良いなら、さっさと別れてそっち行けばいいだろ。十五年も、何グダグダしてるんだよ」

淡々と言いながらも怒りを隠そうとしない友樹に、私は何も反論できなかった。

──でも、言われなくてもそんなこと、自分が一番分かっている。

友樹の言うことは正論で、私のせいで家族が振り回されているのも理解している。

だけど、私だって好きで十五年もこんな関係を続けてきたわけじゃない。

「昨日のうちに、要には別れ話をしてるわ。要の返事はまだ聞いていないけど……これで終わりになるから。もう友樹や理哉を煩《わずら》わせることもないわ。……これで満足でしょ？」

「何、開き直ってるんだよ。姉ちゃん、いっつも受け身で、自分から何もしてねえく

せに」

何もしていない……その一言には、カチンときた。

「友樹に何が分かるのよ」

「だったら何で、そんな未練残した顔してるんだよ。だいたい本当に好きだったら、これまでだって喧嘩《けんか》するぐらい相手に気持ちぶつけてたはずだろ。前に別れた時だって、どうせ食い下がって理由聞いたりなんかしてねぇんだろ。言わなきゃ絶対別れないぐらい、駄々こねたのかよ。違うだろ。物わかりの良いふりして、自分が傷つかねぇように逃げてたんだろ。黙ってりゃ男が何でもかんでも与えてくれるなんて大間違いだぞ。だから結婚まで行き着かないんだよ！」

「ちょ、兄貴、言いすぎっ！　って、姉貴っ！」

思わず私は、枕を掴んで友樹に投げつけていた。

「先に結婚して子供もいるからって、偉そうに言わないでっ！」

「少なくとも、姉ちゃんに説教できるぐらい、嫁との今の生活守るために努力してんだよっ！　好きな相手だから、本音でぶつかっていくんだろっ！」

友樹は、ぶつけられた枕を力いっぱい私に投げ返してくる。

「兄貴！　姉貴は怪我人だぞ！」

私の足元に枕が当たるのを見て、理哉が血相を変えて私と友樹の間に割って入る。

「誰もが、友樹みたいに真っ直ぐになんて生きられないわよっ！」

「それが出来ねえなら、一生、要さんに未練たらたらのまんま独身でいろ！」

「兄貴！」

声を荒《あら》らげて、友樹は乱暴に病室の扉を開いて出て行った。

──正直、友樹の言葉はぐさりと胸に刺さった。特に最後の一言をぶつけられた時は、怒りよりもショックの方が大きくて、呆然としてしまったくらいだ。

理哉は友樹が出て行った扉とベッドの上の私を交互に見た。そしてほんの少し扉の方をじっと見つめていたかと思うと、乱雑に金茶の髪を掻き、「くそっ」と呟《つぶや》く。

「勝手にブチギレて、言い逃げすんなよなぁ……」

扉を閉めて、私に背を向けたまま項垂《うなだ》れる。

どうして言われた私より、理哉の方が落ち込んでいるように見えるのだろう。

「……ごめんね。理哉も帰っていいよ」

「やだよ。あんな険悪な状態の兄貴と、一緒に帰りたくねえし」

嫌そうな顔をしてベッドの傍《そば》まで来た理哉は、下に落ちていた枕を拾い上げる。

「母さんたちは？」

「兄貴が連れて帰るから、問題ねえだろ」

「……理哉も私にお説教したいの？」

理哉は肩を竦《すく》める。

「相手確認しないで扉を開けたことについてなら、不用心だって説教したいけどさ。男の部屋にいたことは、良いんじゃね？　って思うよ。十五年付き合っても結婚すら言い出さない奴を捨てた後に、他の男の所にいて何が悪いんだよ」

枕を叩いて埃《ほこり》を払った後、理哉はそれを差し出してくる。

「それにさ、姉貴が要に対して我慢したり何《なん》にも言ったりしないのって、俺らのせいかなって思っているから、俺はそれについて文句言えねえっていうか……」

「……俺ら？」

「俺と兄貴のせい。姉貴は普段あんまり自己主張しないだろ？　……俺らが小さい時に、悪いことして叱られるってのはあったけど、姉貴が愚痴《ぐち》とか文句を言ってるのは見たことないしさ……俺らのことで我慢してたんじゃないかなって」

私が枕を受け取ると、理哉は近くにあった丸椅子に腰かけて、そんなことを言う。

「兄貴は普段大人しいけど基本我《が》が強いから、言いたいことははっきり言うし、いざとなったら融通《ゆうずう》利かねえ自分本位な奴だし。俺は手出す口出す、兄貴よりさらに好き勝手する我儘《わがまま》だから、姉貴のこと、振り回してた自覚あるし……そんな弟の面倒、親以上に見てたらさ、嫌でも我慢強くなるだろ？　我慢強くなりすぎて、文句の言いどころが分からなくなったから、要にも文句言えなかったんじゃないかってさ」

「そんなことを考えていたの？」

理哉は中学校を卒業するまでやることなすこと破天荒《はてんこう》で、いつもハラハラさせられていたのに、そんな彼にいつの間にか心配されるようになっていたことに、ちょっと驚いてしまった。

なんだか、高校生になってから成長したんだなって、親みたいな気分になる。

「なんだよ。俺だって、姉貴のこと心配してるよ……迷惑たくさんかけたしさ」

「年の離れた弟だから、何されても可愛かったもの。それまで一人で淋しかったし、友樹が生まれて、理哉が生まれてにぎやかになって嬉しかったの。……まあ、たまに憎たらしくなって、家出してやろうって思ったこともあったけどね」

「マジか……」

冗談めかして言えば、理哉の顔が少し青くなる。

「……要に自分の気持ちを言わなかったのは、友樹の言う通りだから……要に嫌われるのが怖くて、逃げていただけなの」

「姉貴……兄貴だってさ、姉貴が自分の時間潰して、面倒見てくれたこと感謝してるから、早く結婚して自分の幸せのために生きてほしいって思ってたんだよ。姉貴が要のこと本当に好きなら、二人が喧嘩《けんか》してても姉貴の味方するって言ってたし……」

視線を伏せ、右手で頭を掻きながら理哉は渋い表情をした。

「正直この一年、姉貴が浮かない顔ばっかりしてるから、兄貴も気を揉んでたんだよ。兄貴は、姉貴が要と結婚するってずっと思ってたから、今回のことはショックだったみたいでさ。兄貴、色恋の考え方も真っ直ぐでスレてないから。ホントに好きじゃなきゃ十五年も付き合えねえだろうし、要だって惚れてもいない女のためにわざわざ助けに来ないだろって、言ってたから。あんま、兄貴の言ったこと気にすんなよ」

「……ごめんね。ずっと迷惑かけて」

「全然。……姉貴が自分の主張をする時って、もう後がない時だろ。我慢に我慢重ねてもう限界って時しか言わねえから……今回、要に別れようって言ったの、ホントに限界だったからだろ？」

「……もう要を待てなかったの」

軽くなってしまった右手の薬指を、無意識に撫《な》でていた。

『いつか左手の同じ指にもっといい指輪をやるから、今はそれで我慢しろ』

付き合って最初に迎えたクリスマスイヴに要がくれた、最初で最後のプレゼント。

その時も、誕生日祝いとしてくれたわけじゃない。

それでも、要の言葉がすごく嬉しかった。

偉そうな口調で、でも、真っ赤な顔をした要が嵌《は》めてくれたそのペアリングが、高校生の頃からずっと心の支えだった。

「……ううん。本当はもっと早くに、要の言葉を待たずに勇気を出して、色んなことを聞けば良かったのに、それをしなかった自分がいけないのよね……おまけに、自分で別れてほしいって言ったくせに、ピンチになったら要の名前呼んじゃうんだもの……要だっていい迷惑よね」

「……良いんじゃね？　要だって、ようやく分かっただろ。いつも姉貴がどんな気持ちだったか。たまには置いてかれる気持ちも味わえばいいんだよ。毎回毎回、姉貴泣かせてさ。一回自分も泣いて、足掻《あが》けばいいんだよ」

「……要が泣いたら、怖いじゃない」

慰《なぐさ》めてくれるための言葉なのに、何となく要が泣く場面を想像してしまって後悔した。……あり得なさすぎてむしろ怖い。

「知らねえの姉貴？　男ってのは、ガタイが無駄にデカくて偉そうな奴の方が、ホントは肝っ玉小さくて、打たれ弱いんだよ。だから虚勢張ってそれを隠すんだ。要なんて、その典型。特に姉貴絡みで弄《いじ》るといい反応するんだよな」

要をやり込める話になると、やっぱり理哉は清々《すがすが》しいくらい良い笑顔になる。

「……理哉、どうしてそんなに要を邪険にするの？」

「決まってんだろ……姉貴泣かせるし、全然幸せにしねえし……姉貴が俺を構ってくれる時間は奪うしよ。十四も年上のくせして、毎回大人げなくわざと俺の前で姉貴と仲良さげにして、ほくそ笑むしよ。ほんっとに思い出すだけでムカつくっ！　ガキかっつーの」

本当に腹を立てているのか、理哉は掛布団を悔しげに何度も叩く。

確かに要と付き合い始めた頃は、理哉もまだ三、四歳で、何をするにも私にべったりだった。今はもう、どっちが年上か分からないくらい理哉もしっかりしちゃって、そんな面影は全くないけど。

それはともかく、要がそんな子供っぽい真似するなんて、全く想像がつかない。私にはいつも素っ気ない感じで、必要以上に触れてくることもなかったから。

「……要、そんなことしてたの？」

「してたなんてもんじゃねえよ。姉貴がいる所じゃ大人しくしてるけどよ、いない所じゃ俺が蹴っ飛ばしたら容赦《ようしゃ》なく関節技きめて謝罪要求してきやがるし。馬鹿でかい身体して、やること大人げなさすぎるんだよあいつ！」

「……それは、理哉も悪いんじゃ」

「何か言った？」

「な、何も……」

自業自得という気もしないではないけれど、要と理哉の間には絶対に埋まらない溝《みぞ》があることだけはよく分かった。

「まあ、そんなわけで俺はあいつが大っ嫌いだから。このまま要と別れて兄貴がガタガタ言ったとしても、俺がフォローするよ。だからさ、姉貴もあいつに言いたいこと、全部ぶちまけてこいよ。これで終わりにするなら、気がねなくありのまま言えるだろ？」

これまでお互い自分の想いをはっきりさせないまま別れていたから、私たちは何も消化できず、またずるずると付き合っていたのかもしれない。

少なくとも私が想いを吐き出して、要が何を思っていたかを知れば、少しは変わるのかもしれない。……要が話してくれるかどうかは分からないけれど、私だけでも自分の気持ちをぶつけることで見えてくるものがあるかもしれない。

「……そうね……きちんと、要と話をしてみるわ」

「それが良いよ。要だって、姉貴が限界のサイン送ってるのに、この期《ご》に及んで『話すことはない』なんて、馬鹿な台詞《せりふ》は吐かないだろうしさ」

理哉はそう言って立ち上がると、歩いて病室の扉を開き、左側に顔を突き出す。

「分かってんだろうな、要。そんな真似しやがったら、お前が救いようのないヘタレだってお前の赴任《ふにん》先にタレこんでやるからな」

「……くどい。何度も言わなくても、分かっている」

「だったら、渋ってないで入って来いよな」

聞き慣れた声がしたかと思うと、理哉に腕を掴まれた要が病室の中に入ってきた。

無理やり引っ張られた様子の要は、眉間に皺《しわ》を寄せながら理哉を睨《にら》んでいる。

「かな……め？　……いつからいたの？」

「お前が意識戻す前から……ってぇ」

私と視線を合わせないままそう答えた要の足を、理哉が容赦《ようしゃ》なく踏みつけた。

「分かってないだろ、あんた。これまでのこと反省してるなら、まず即座に土下座して謝罪だろ。それに、大丈夫かの一言くらい言えよなっ」

「お前が言わせないんだろうが」

「あんたが遅いんだよ。ほら、さっさと姉貴に土下座して謝れ」

「えっ？　ちょ……、ど、土下座は……いらない……かな……」

そんなことをされても私、どうしていいか分からないし、そもそも突然引き合わされても、心の準備が……

「ちっ……優しい姉貴に感謝しろよな」

露骨《ろこつ》にがっかりした理哉が要を睨む。

「あ、あのね、理哉……ちょっと……いいかな……」

「何？」

「た、確かに、要と話すとは言ったんだけど……ど、どうして……今？」

「時間置いて、姉貴の決意が揺らいだら困るだろ」

「むしろ友伽里は動揺してるだろうが……お前は性急すぎなんだよ、理哉。せめて朝まで休ませてやれ。一晩で色々ありすぎて、今話をしたって真っ当な判断なんか出来ねえよ」

「そんなこと言って、あんた、うやむやにするつもりだろ」

「するかよ。そもそも、こんな所で話す内容でもない。……友伽里、日中に席を設ける。そこで話をする。それで良いか？」

　要がそう提案をしてくる。

　正直なところ、要の言う通り色々続けて起こったせいで、落ちついて話をする自信はない。

「……それで良い。場所は、要に任せるから」

「分かった」

「……まあ、姉貴がそれで良いなら良いけどさ」

「……」

「…………」

　それからは会話が続かなくて、変な沈黙が続いてしまう。

　要も必要なことを話したと思ったら、腕を組んで口を開かない。

「姉貴、俺、喉渇いたから自販機で飲み物買ってくる」

気まずい空気の中、理哉はそう言って私に目配せすると、さっさと病室から出て行ってしまう。自分がいると私が話しづらいだろうと気を使ったのかもしれない。

「……要」

「どうした」

普通に呼びかけたつもりなのに、わずかに声が震えた。

答えた要の声も少し硬い。それが余計に私の緊張感を煽《あお》る。

だけど、この一言だけはきちんと伝えないと。

「危ないところを助けてくれて、ありがとう」

「いや……今回は怪我をさせた……早くに助けられなくてすまない」

変な日……要がまた謝るなんて……今度のことは要が悪いわけでもないのに。

それに、これまで要が怪我をすることはあっても、私がこんな風に怪我をしたことはなかった。

いつも、要が守ってくれたから……

男の人に怯《おび》えてた時も、本当に、いつも絶妙なタイミングで来てくれたから。

まるで映画に出てくるヒーローみたいで、私はそんな要が好きだった。

「要が来なかったら、きっともっとひどい目に遭《あ》っていたわ……それに、傷痕《きずあと》は残らないって先生も言っていたから」

不幸中の幸いだったと思う。傷がこの程度で済んだのは。もし顔を殴られたりしていたら、痛みや恐怖で抵抗できなかっただろう。そう思うと、ぞっとする。私は無意識に身震いしていた。

「……本当にありがとう……でも、どうして私の居場所が分かったの?」

「……門倉から聞いた」

「……社長……から?」

どうして社長が要に……私が要に会わないように、気を使ってくれていたんじゃないの?

「まあ、詳しい場所を聞き出したわけじゃないがな」

疑問が顔に出ていたのか、要は聞いてもいないのにそう言う。

「お前の家に行った時、ニュースで門倉が時田《ときた》の事件の対応をしているのを見た。必然的に社長秘書のお前も行動を共にしていると思ったから、会社に連絡を取った」

時田と言うのは、前社長のこと。あの傷害事件のニュースを見て、そこからわざわざ辿《たど》ったの?

「だが受付から電話が繋《つな》がったと思ったら、門倉はすぐに自分でお前への取り次ぎを拒否した。『俺の部屋にいる』と言ってな。だから門倉の滞在しているあのホテルに戻った」

「どうしてそこまで？　勝手に帰った私がそんなに許せなかったの？」

「……どうしてそうなる」

「初めて、貴方《あなた》の言うことを聞かずに立ち去ったから」

「……あのな、俺はそんなことでお前に怒らない」

「それなら、どうして私を探したの？」

「普通、別れ話の途中で消えたら探すだろ。……それに、お前の無事を、確認したかった」

要は腕組みを解き、ゆっくりとベッドに近付いて来る。そうしてさっきまで理哉が座っていた丸椅子に腰かけた。要の大きな身体の重みで椅子のパイプが軋《きし》む音がした。

「レストランにいる時、電話があっただろ。あれ、署の奴からで、泉田が門倉の周囲で不穏な動きを見せているから、お前の周りにも注意しろと言われたんだ。お前は門倉の仕事について回ることが多いだろ？　なのに戻ったらお前は消えているし、連絡もつかない。だから、焦った。嫌な予感がして」

要は後半、自嘲気味《じちょうぎみ》に笑いながら項垂《うなだ》れ、乱雑に頭を掻いた。整えられた髪がぐしゃり、と崩れる。

「お前絡みの嫌な予感は、どういうわけか外したことがない……けど今日ほど、自分の予感が外れろと思ったことはない」

「……要、もし私と連絡がついていたら、来なかった？」

心配して助けに来てくれたことはすごく嬉しいはずなのに……昔のように素直に喜べない。捻《ひね》くれた、嫌な言葉を口にしてしまう。

「助けてくれたのは、警察官としての責任感？」

「そんなわけないだろ」

「別れても、時々優しくすれば私は貴方《あなた》と別れられないって……また元サヤって、そう思ってる？」

「……今はその話やめろ」

要はため息を吐きながら疲れたようにそう言うと、椅子から立ち上がる。

「少し寝ろ。今話をしたところで、お前は偏《かたよ》った判断しか出来ないし、俺もこれ以上、冷静に話なんて出来ない」

「結局、要は私の話を聞きたくないだけでしょう？　そうやっていつも私の言葉を遮《さえぎ》るじゃない……」

「……いい加減にしろ。そんな青白い顔した奴と、この場で長話できるか。頼むから、さっさと寝ろ。後で全部聞くし、全部話す。初めからそう言っただろ」

呆れたようにそう言って、要は踵《きびす》を返す。

——私は、今この場で聞きたかったのに。

要はどこまでいっても、変わらない。

私が別れを切り出しても、彼の心を揺さぶることは出来ない。

要の中で、私はもう『女』ですらないのかもしれない。

どうしてだろう。ひどく悲しいのに、涙も出ない。

「……要のバカ」

小さなその呟《つぶや》きは、静かな病室にはっきりと響く。

「あぁ、馬鹿だよ。馬鹿で悪かったな」

次の瞬間、目の前に影が出来たかと思うと、大きな手で肩を掴まれる。

そしてそのまま押し倒され、ベッドが軋《きし》んだ。気がつけば要が覗《のぞ》き込むように私を見下ろしている。

眉間に深く皺《しわ》を寄せ、鋭い怒りを含んだ瞳で私を真っ直ぐに捉えている。

「このままお前の心も体調も無視して家に連れ帰って、お前を抱いて啼《な》かせて、門倉との関係を問い詰めてどこにも逃げられないようにしたいぐらい、イカレた気持ちになってるんだ……だから、今は大人しく俺を帰らせろ」

「か……なめ……」

低く放たれたその声が身震いするほど怖くて、彼を呼ぶ声が思わず震えた。

「……昼までには、頭を冷やす。だから、お前はちゃんと休め。いいな」

最後は怒りを呑み込んだようなひどく辛そうな顔でそう言って、要はそのまま病室を出て行った。

私はと言えば、今の要の言葉でヒートしていた感情がぷっつりと消えているのに気付いた。

冷静じゃないのは、私の方だ。

いくら自分の感情をぶつけると言っても、こんな風に要の気持ちなんてお構いなしで、ただ捻《ひね》くれた言葉を吐いて……

こんなんじゃ、話をすることも、聞くことも出来ない。

要は私が怪我人だってことを忘れず怒りを我慢してくれたのに、それさえも気付けなかった。

ちゃんと、明日までには冷静に話せるようになるから。

貴方《あなた》の優しさに無条件で甘えるのは、もう終わりにするから。

「ごめんなさい、要……」

もう本人がいない病室に、謝罪の言葉だけが静かに消えた。

結局私は、そのまま一睡もせずに朝を迎えた。

§　§　§

　翌朝、病院の朝食もほとんど喉を通らないままに、医師の診察を受けた。

　医師は私を見て渋い顔をしながら、退院を延ばすかと尋ねてきたけれど、家の方が休めるからと言って退院の許可を得た。

　理哉が退院の手続きをしに病院の受付に行き、その間に私は理哉が持って来てくれた服に着替える。

　腕の包帯は服の袖に上手く隠れた。首の包帯はスカーフで隠して、鏡の前に立つ。

　鏡の中には、青白い私の顔があった。目の下には青黒いクマが出来て、疲れたようなやつれた表情をしている。

「……ひどい顔」

　たった一晩で一気に老けてしまったようで、自分の顔が見るに耐えないものになっている。

　血の気の悪さを隠すように化粧をすれば、当然いつもより濃くなって、結局人前に出られるような顔にはならなかった。

　少ない荷物を纏《まと》めていたら、バッグの中でスマートフォンが揺れた。

マナーモードになっていたそれを手に取ると、ディスプレイには会社の名前で電話着信の表示がされていた。

目にした瞬間に緊張が走り、一瞬自分の動きが止まった。

社長かもしれない。そう思うと出ることを躊躇《ためら》ってしまう。でも、出ないわけにはいかない。

「はい。お疲れ様です、九条です」

『佐野だ。傷の具合はどうだ？』

相手は佐野さんだった。

「大丈夫です。退院許可をいただいて、今その準備をしているところです」

私を叩き上げてくれた上司でもある佐野部長を前にすれば、普段通りの応対が出来る。

どれだけ体調が悪かろうと、精神的に追い詰められようと、仕事ではそれを一切出さない術《すべ》を教えてくれた相手だから、自《おお》ずと良い意味で緊張する。

『そうか。これから家に戻るのか？』

「はい、弟に送ってもらいます」

『悪いが、しばらく自宅には戻るな』

「……何故ですか？」

『昨日の事件で、社長の部屋にいた女が襲われたことがマスコミに漏れた。社長の女ではないかとマスコミがその女を探している』

佐野さんの言葉に、全身の血の気が引いた。

『今のところ、各マスコミには社長が圧力をかけて報道を控えさせているが、週刊誌の記者があちこちの病院を嗅《か》ぎ回り始めている。その女がお前だと暴かれるのも時間の問題だろう』

社長はマスメディアにも多く露出して会社の宣伝をしている。あの容姿で独身なものだから、女性の人気も高い。

冷静になって考えれば、こういったリスクも予見して回避できたのに。

どれだけ昨日の自分が理性と判断力を失っていたのかを、突きつけられたようだった。

私の軽率な行動が、社長や会社に迷惑をかける結果となってしまった。

『お前にしては、軽率だったな』

「も、申し訳ありません」

『俺に謝ってどうする』

苦笑いする佐野さんの口調に、普段の厳しさはない。

『社長とは話をしたか？』

「いえ、まだ……」

社長は、夜間に一通だけメールをくれた。

怪我を案じる言葉と、何も気にせず身体を休めるようにとの内容で、最後には朝また連絡をすると添えられていた。

昨日から社長はトラブルを抱えたまま。その半分は、私の責任でもある。

きっと社長は、朝まで不眠不休で対応に追われていたはず。佐野さんも。

「……本来なら社長にお会いして謝罪するのが筋ですが、現状では問題を誘発してしまいますから、それは控えようと思います」

『そうだな。今、人目のつく場所で直に会うのは得策ではないだろうし、社長も望まないだろう』

再建以来ようやく落ち着き始めた会社のことを思うと、ゴシップの種になる自分が身を隠すことが、社長にとっても会社にとっても一番良い。

「どこかに身を隠してから、社へ連絡をします。退職届は郵送で」

『ちょ、ちょっと待て、九条。退職届とはどういうことだ？』

「私の存在がマスコミに知れて、その上社長秘書だと分かれば、社長にとって更なる醜《しゅう》聞《ぶん》になりかねません。私はそれを望みませんし、社長の手も煩《わずら》わせたくありませんので、責任を取りたいと思います」

『そんな無責任な責任の取り方など、俺は認めない』

強い口調で言葉を遮《さえぎ》ったのは、佐野さんではなかった。

「社長……」

おそらく佐野さんは、社長室でスピーカー機能を使って会話していたのだろう。

『お前は、俺を何だと思っている。己《おのれ》の利害のためだけに、お前を切り捨てるような男だとでも思っているのか』

「……そうではありません」

憤《いきどお》ったような社長にそう返せば、電話口から深いため息が聞こえる。

『俺から逃げたい理由でもあるのか』

「いいえ……先ほど申し上げたことが、すべてです」

『お前は被害者だろう。何故、堂々としていようと思わない』

「私が社長の部屋にいた理由や襲われた理由が何であれ、我が社には前社長の奔放《ほんぽう》な女性関係のイメージが強く残っています。マスコミも事実云々《うんぬん》より、社長の部屋に社の女性がいたことだけを強調し報道するはずです。そうなれば、社長や会社のイメージを損なうことになります」

マスコミとは総じて事実を伝えることはあっても、真実を伝えるとは限らない。悪質な場合は、事実を捻《ね》じ曲げることさえある。

人はまず、他人の不幸とスキャンダルに興味を惹かれる。真実などより、面白おかしく書き立てられたゴシップに目を向けやすい。

特に社長にはこれまで浮いた話がなかった。女性の人気が高いことも考えれば、ゴシップを強調した方が週刊誌の販売部数や番組の視聴率は伸びる。

彼らのやり口は前社長の報道で十分すぎるほど見てきた。

『九条、恐らくマスコミがそうすることは否定しない。俺も同感だ』

答えたのは佐野さんだ。

『だが、それならば余計にお前が辞めて身を隠すことはリスクだと思わないか？ 社の女を喰って、スキャンダルになった途端に切り捨てた非道な社長といらぬ汚名を着せることになるぞ』

「それは……」

確かにそういった報道に及ぶことも考えられる。

私が隠れようと隠れまいと、会社を辞めようと続けようと、社長は名に傷を負うことになる。

『佐野、九条を追い詰めてどうする』

『そういう意味で言ったわけではないのですが……』

電話口で、社長と佐野さんがやり取りしている声が聞こえる。

社長の名誉を傷つけたいわけでも、その手を煩《わずら》わせたいわけでもないのに……

どうすることが最善なのだろう……

『九条』

社長が静かな声で私を呼ぶ。

「……はい」

『お前にとって、俺とのスキャンダルは不都合か？』

何故『私にとって』なのか分からず、答えを返せずにいた。

不都合を生じるのは社長の方だと思っていたから。

『お前の危機を救ったのは、俺ではない。俺が辿《たど》り着いた時には、お前は別の男に助けられ、病院まで付き添ったのもその男だ……あいつとよりを戻したか？』

要とよりを戻したから、社長と問題になるのは困ると……そう思われていたのだと分かって、自分の顔に力ない笑みが浮かぶのを感じた。

普通なら、そう思う。

これまでの自分なら、あのまま要とよりを戻していたもの。

「……いえ。彼とは今日、改めて話をします。どうなるかは分かりませんが……社長にこれ以上甘えることは出来ません」

あの時助けてほしかったのは、優しく、欲しい言葉をたくさんくれる社長ではなく、別れて忘れようとした要だった。

どう考えても、女性として幸せにしてくれそうなのは社長なのに、好きとすら満足に言わない要しか浮かばなかった。

会えば不安ばかりだったのに……あの時、意図せず要の名を呼んでいた。

別れ話を切り出したのは私。彼から逃げたのも私。

なのに、泉田元部長を押さえつけている要の姿が見えた瞬間、分かってしまった。

いつも淋しい思いをさせるくせに、私の危機には必ず現れて助けてくれる要が、まだどうしようもなく好きなのだと。

もう、そんな気持ちは消えてしまったと思っていたのに。

自分でもおかしいと思う。

それでも、改めて自覚した想いに嘘はつけない。

『それがお前の答えか？』

「はい……申し訳ありません」

社長に女性扱いされて少し心が揺れたけれど、社長を男性として要以上には愛せない。

二年間、社長の人となりを見て尊敬もしているし、人として素敵だとも思う。スマートで、要より良いところがたくさんあって……男性として魅力のある人だと認識させられた。

社長の優しさも、情熱的な言葉も、抱擁も、口付けも……何年も感じたことのないドキドキ感を与えてくれた。

私を女性扱いして、社会人としての私も認めてくれる。私の意思を求め、ちゃんと自分の考えを伝えてくれる……きっと社長と一緒にいた方が、女として愛されていると実感しながら生きていける。

だけど、どれだけ不信感が募《つの》ったって、忘れようとしたって、女として大事な時間を無下《むげ》にされたって、女として私を愛してほしいのは要だった。

そんな気持ちで社長と向き合っても、きっと上手くいかない。

二年前、他の男の人と付き合った時のように、私の心は要に囚われたままだもの。

『スキャンダルに尻込みしたか？　それとも助けられたことで絆《ほだ》されて、よりを戻したくなったか？』

電話の先からカチッと小さな音がして、社長の声がわずかに大きくなった。スピーカーを切って受話器を取ったのかもしれない。

「……それは、どちらとも違います」

『違う？』

「……まだ要が好きだと気付いてしまったので、他の男性との未来を考えることは出来ないんです」

『……だから、やり直すのだろう？　あの男と』

「その可能性は低いと思います。今のままでは、過去の二の舞になるだけですから」

昨夜、あれだけ怒りを見せた要が、私のしたことを許すとも思えない。

それに、十五年変わらなかった要が昨日の今日で変わるなんて、不可能に近い。

いくら好きだと再認識しても、そんな状態の彼とやり直すつもりは全くない。やり直しても同じことを繰り返すのは目に見えているもの。

でも、だからと言って社長を都合のいいポジションに置くなんて出来ない。

「だから、気持ちを清算したいと思ったんです」

『清算？』

「私も若くはありませんし、恋愛感情だけでも、単なる惰性《だせい》でも、要とはこの先続けることは出来ません。でも……十五年、お互いに逃げてきたことに向き合って、話し合って、それで別れるのなら、もう要との縁は切れたと踏ん切りをつけることが出来ますから」

別れることになっても、未練を引きずって曖昧《あいまい》に関係を戻すことがないように、私はこれまで知らなかったことを知らなくてはいけない。

もし関係を続けるのなら尚更だ。深くなってしまった溝《みぞ》を埋めるために、今まで明かしてくれなかった要の心を知って、理解しなければいけない。

どちらにしても、要と話し合うことは私にとって不可避で、重要なこと。

『……理解に苦しむ。それでお前は幸せなのか？』

唸《うな》るように社長が呟《つぶや》いた。

「これ以上、後悔をしたくないんです。だから、捨て身で要とぶつかろうと思います」

『そのために、俺の存在は不要だと？』

「同時に二人の男性を愛せるほど器用でもありませんし、社長を都合の良い存在として扱うほど、身の程知らずではありませんから」

『……もう少し、お前は賢い女かと思ったぞ』

呆れたような社長の揶揄《やゆ》に、「申し訳ありません」と返せば、鼻で笑われた。

『同じ女に、似た理由で二度も袖にされた俺も同類だがな……全く、あの男は二年前に会った時から気に入らない』

一人呟くような声が、かすかに電話口から聞こえた。

その言葉に、私は引っ掛かりを覚えた。

「社長？　あの」

『お前の腹が決まっているのなら、それで良い。マスコミの始末は任せて、今日からお前は冬期休暇に入れ』

まるで私の言葉を遮《さえぎ》るように、社長は普段の調子で指示をする。

「ですが……」

『年明けまでには、事態を収束させる。お前もさっさと始末をつけて来い。纏《まと》まった休暇など、そうそうやれない。年明けには仕事が山積みだ。覚悟しておけ』

戻る場所を残しておいてくれるという社長なりの気遣いの言葉が、少しだけ気持ちを楽にさせてくれた。でも、昨日のように心が高揚することはなかった。

それから二、三、仕事の話をして、電話を切った。

「姉貴、準備できたか？」

「あ、うん」

病室の扉がノックされ、わずかに開いた隙間から理哉が覗《のぞ》き込む。

「じゃあ行くか」

「あ……理哉、あの、家にはちょっと帰れないの……」

「あぁ、大丈夫。姉貴を送るのは別の所だから」

「……はい？」

どこに送るつもりなの？　と聞こうとしたら、理哉が何かを私に投げてよこした。

慌ててキャッチした私は、手の中にあるそれを見る。

どこかの鍵だった。

つけられたストラップには見覚えがある。

革製のそれは、古くて所々綻《ほころ》び、刻印された文字も掠《かす》れてしまっているけれど、要がずっと使っている物。二十歳ぐらいの時に、私が贈った物だ。

それをまだ要が大事に持っているって知って、胸が締め付けられた。

「要の奴、昼までには仕事片付けて戻るから、それで勝手に入って待ってろだって。親父たちへは、夜中のうちに要が話済ませてるから」

どうして、そんなところにまで気を使えるの？　あの時、怒っていたのに……

「姉貴、置いてくぞ」

戸惑っている私を他所《よそ》に、理哉は私の着替えが入った鞄《かばん》を持って、先に病室を出ていく。

本当に置いていきかねない様子の理哉を見て、私は慌ててバッグを持って病室を後にした。

それから私は、理哉の運転するバイクで要の住む賃貸マンションに送り届けられた。

要から連絡が来たのは、それから一時間後、ちょうど昼頃だった。

Ⅵ

電話から三十分も経たないうちに、要はマンションに戻ってきた。

エントランスのインターホンを鳴らす要をモニターで見れば、珍しく眼鏡をかけていた。

言われるまま、インターホンに付いているボタンでエントランスの扉を開け、しばらくして鳴った玄関のインターホンを受けて、要を中に迎え入れる。

「お帰り」

「あぁ……ただいま」

目の下のクマと充血している両目は、たぶん徹夜したからだ。夜勤明けで帰ってくる時は、いつもこんな風にコンタクトレンズを外して、充血させた目で帰ってきていたから。

ふと、昔はこうして要が帰ってくるのを待ったりしていたなぁと思い出す。

一年前に復縁してからは、要の家には一度も足を踏み入れていなかった。

要が半年前にこのマンションに引っ越したのは知っていたけれど、会っても日付が変わる前に自宅に送り届けられていたから、当然ここに入ったのは初めてで……

何だか、初めて彼を部屋で待っていた時のような変な気分になる。

「……具合はどうだ」

「痛み止め飲んでいるから、平気」

殴られた腕は腫《は》れ上がり物が握りづらいけれど、湿布も貼っているし、日常のことは出来そう。

首の刃物傷は、大きく首を動かさなければ問題はない。

要は手に提げていた紙袋をリビングのガラステーブルの上に置き、傍《そば》に座るよう私を促《うなが》す。

袋からは、いい香りがしてくる。

「どうせ朝飯も満足に食ってないだろ。真幸に作らせたから少し食え」

そう言って、要はネクタイを外しながら隣の部屋に入っていく。

紙袋には、クラムチャウダーと具だくさんのミックスサンドが入っていた。

わざわざ真幸君の経営している喫茶店に寄って、持ってきてくれたんだ。

袋から出したものの、それは一人前ずつしかなかった。これを二人で分けようってことなのだろうか。

判断に困ってじっとそれを見つめていたら、要が戻ってきた。

スリーピースの上着を脱ぎ、ネクタイを外してワイシャツの一番上のボタンもはずしたラフな格好で、テーブルを挟んだ私の対面に腰を下ろす。

少し迷った後、ボリュームたっぷりのサンドイッチを要の前に差し出すと、不思議そうな顔をされた。

「……どうした。お前のだぞ、食べないのか？」

「要、もしお腹に余裕があるなら食べて」

「昼、済ませたのか？」

「ううん。そんなに食べられないから。それに、一人で食べていると間がもたないわ」

さすがに今日は食欲が湧かない。

「……分かった」

だけどお互い食べ物には手を付けないまま、沈黙が続いた。

「食べないの？」

「お前こそ……てか、この状況で飯なんか食えないな……勧めて悪かった」

平静を装《よそお》っているけど、実際それくらい緊張している。

「……食べないなら、話をしても良い？」

「そのために来たんだろ。今更、逃げも隠れもしない……何から聞きたい」

硬い表情で、要はそう答える。

「本題の前に……一つ聞きたいんだけどいい？」

「なんだ？」

「部屋、荷物が纏《まと》められていたけど、引っ越しするの？」

元々、要は部屋に荷物をたくさん置かず、男性の割には掃除もマメにするタイプ。久しぶりに見た彼の部屋は相変わらず綺麗だけど、以前よりさらに物が減っていた。このまま引っ越ししてしまえるくらいすっきりしていて、淋しい印象さえある。

引っ越してから半年経っているはずなのに、部屋の隅には引っ越し業者のロゴが付いた段ボールがいくつか積まれている。物をそのまま置くことを嫌う要にしては、珍しい光景だった。

異動に合わせて引っ越すつもりなのかもしれないけど、部屋に入った時から何故か変だと思っていた。

私の問いに要は少し言いづらそうに答えた。

「いや、しない……二年前お前と別れてから一年以上、頻繁に住処《すみか》を変えてたんだ。その時の癖で荷物を解いてないだけだ」

「どうしてそんなに引っ越しを？」

「………」

また、私には言えないこと？　要にとって都合の悪いこと？

二年前ってことは、もしかしてあの時、要と結婚すると言っていた女の人に関係あること？

そう思ったら、ずきりと胸が痛む。

だけど要の口から出たのは意外な言葉だった。

「……厄介な女に付き纏《まと》われて、仕方なく」

「厄介な女？」

要は苦々しげな顔をした。露骨《ろこつ》な怒りと、不快感の入り混じった表情だった。

「二年前、お前に会いに来た女がいるだろ。俺と結婚するとか言って」

やっぱり、あの女性絡みなんだ……

思わず耳を塞《ふさ》ぎたくなったけど、結局、要はその人と結婚しなかったのだ。

一体何があったのか、きちんと聞いておかないといけない。これからもっとたくさん、似たような話を聞かなければいけないのかもしれないのだ。これまでのように逃げていてはいけない。

「あの美人で上品そうなお嬢さん？」

「どこが上品だ……粘着系の猟奇的なストーカーだぞ」

……ストーカー？

「男だったらぶん殴って、とっとと豚箱にぶち込んでやるレベルだ」

困り果てたという体《てい》で深いため息をついて、要は撫《な》でつけていた髪を乱暴に掻いた。

要は、自分に害をなす相手に怯《ひる》んだり、尻込みしたりすることはない。むしろ、喜んで潰しに行くような人だ。でもこの反応は……

「……でも、あの人とお見合いしたんでしょ？」

「してない」

「あの人が言ってたのは……お見合いして、それで貴方《あなた》の方から結婚を前提に交際してほしいって、出会ったその日に熱烈にプロポーズされたって……だから、要が直に私に別れ話をしに来るはずだって」

二年前のあの日、初対面の彼女は確かにそう言った。

勤務中の私の仕事場にアポなしで乗り込んで来た、いかにも世間知らずなお嬢様。年齢は私よりも十は年下に見えた。

人を値踏みするような目で私を見ながら、無邪気に「初めまして」と笑った彼女に不快感が芽生えたのを覚えている。何故だかひしひしと、敵対心を感じて。

『何かご用ですか？』

『見に来ただけよ。要さんが言っていた女性が、どの程度なのか……ふふっ、安心したわ。貴女《あなた》程度で』

その一言に苛立ちを感じたけれど、仕事で学んだスキルで呑み込んだ。

口のきき方もなっていない、名乗りもしないで人を見下すような人間に、ろくなのはいない。相手にする必要もないもの。

『私的なお話でしたら、これで失礼します。貴女《あなた》のように、暇を持て余しているわけではありませんので』

なのにその人は、踵《きびす》を返して戻ろうとした私の腕を掴んで止めた。

『貴女、随分長く要さんに纏《まと》わりついて、恥ずかしくないの？　そろそろ気付きなさいよ？　貴女じゃ要さんの妻にはなれないってことを』

爪を喰い込ませるように私の腕をきつく握る相手は、そう言って左手を掲げて見せた。

薬指には、ダイヤモンドのちりばめられた指輪。以前、私が見ていたブライダル雑誌に載っていた婚約指輪と同じ物。

要なら、私がそれに見とれていたことを知っていてもおかしくない。

『私、要さんにプロポーズされたの。見て、この指輪。素敵でしょ？　要さんがくれたのよ。そんな安物の指輪しかもらえない貴女と違って、私は要さんに愛されてるから』

本当に要が贈った物かも分からないのに、ひどく胸が痛んだ。

『十年以上付き合っても結婚しないのは、要さんにその意思がないからよ。これ以上待ったところで貴女には望みなんてないんだから、さっさと手を引きなさい』

ちょうどその頃、結婚をほのめかすことさえしない要の態度に、私の心はグラグラ揺れていた。そこにミシミシとひびが入っていく。

『要さん、私のパパの後ろ盾があれば、もっと出世できるわ。あの人、出世欲が強いもの。何も持たない貴女じゃ、要さんの妻として力不足よ。どちらが要さんにとって必要な女か、お分かりでしょう？』

突然現れて私の心を抉《えぐ》ったその女性《ヒト》は、綺麗な顔で笑った。

まるで勝ち誇ったような、ゾッとするほどの残忍さを含んだ美しい笑みに、言い知れない気持ちの悪さを感じた。

私よりもずっと若くて背も高く、その自信を映し出したかのように容姿まで華やかな彼女が怖いと思った。

不躾《ぶしつけ》で礼儀のなっていない勝ち気な物言いには怒りもあったけど、それ以上に彼女の言葉は私が抱いていた不安を揺さぶった。

要が私との結婚に踏み出さないのは、別に好きな人がいて、その人と結婚したいからじゃないか……。そんな不安を抱く私には、彼女の言葉は十分すぎる起爆剤。

もっと色々言われた気がするけど、思い出せるのはもうそれだけ。

「あの妄想女の言いそうなことだ……確かに上司からいくつか見合いの話は貰ったが、全部断ってる」

「嘘」

「この期《ご》に及んで、嘘なんかつくか。お前を振り回して散々待たせてるのに、上司命令でも付き合いでも、見合いなんて出来ない」

「……私のこと、振り回している自覚はあったのね」

私のことなんて、何《なん》にも気にしていないのかと思ってた。

「あのな……これでも、罪悪感はある」

「……罪悪感があるのに、一度も直してくれなかったのね」

「……悪かった」

「私も……直してと言わなかった。貴方《あなた》に嫌われたくなくて、言えなかった。だから不安だらけで、名前も知らない女の人に貴方と結婚すると言われて、迷ったの。……昔の貴方の言葉を信じて、ずっと待ち続けてもいいのか……迷ったけど、信じようと思った。貴方から別れを切り出されるまでは」

「友伽里……」

「あの時貴方から一方的に別れを切り出されて、裏切られたと……彼女の言葉は本当だったんだと思って、ショックだった……」

要を好きだった分、女としてひどく惨《みじ》めだった……

深く心が抉《えぐ》られて、その傷はまだ埋まることがない。

「ごめんなさい。話が逸《そ》れたわ」

「……いや。俺の身勝手で、これまでお前をたくさん傷つけた……すまなかった」

座ったまま頭を深く下げた要に、言葉を返せなかった。

「すまないことをしていると思いながらも、俺の我儘《わがまま》にずっと付き合ってくれたお前なら、何も言わなくても俺の行動の意味を理解していると、勝手に思い込んでいた……俺の言葉の足りなさも、従妹《いとこ》のことも……それ以外のことも俺が至らないせいだ。お前に非はない」

ゆっくりと頭を上げた要は、そう言葉を続けた。

これまでなら、途中で話を切ってうやむやにしてしまったのに。

私に対して、こんなに饒舌《じょうぜつ》に話をする要を久しぶりに見た。

「……そう思ってくれているなら、これまで私に隠していたこと、きちんと説明してくれる？　彼女のことも、九年前の別れ話に絡んだ、私にだけ内緒にしていた事件のことも含めて」

後半の私の言葉に、要の表情ががらりと変わる。珍しく驚いた顔をしている。

「お前、何でそのことを知っている」

「……あんな大がかりなこと、隠し通せるものじゃないでしょう？」

理哉から聞いたことはあえて言わなかった。後から要と理哉が揉めても困るから。

「お前には、あまり知られたくなかったんだが……」

要は、私をじっと見据える。私は目を逸《そ》らさずに要の答えを待った。

しばらくして諦めたように、要は短く息をつく。

「話すと約束したからな。どれから説明すればいい」

「話が途中になったから、さっきの続きから」

「あの女か……そもそも、あの女が俺に執着《しゅうちゃく》したのは恋愛感情からじゃない。腹いせというか、復讐心からだ」

「……彼女と、付き合っていたんじゃなかったの？」

「あのな、水商売系の女と仕事上で接触することは多いが、お前以外の女に目移りしたことはないし、手を出したこともない。堅気《かたぎ》の人間なら尚更だ。そもそもこんなガサツな俺に、女が寄ってくると思ってるのか？」

少なくとも私のもとに来た彼女は、私に対して女としての敵対心を剥《む》き出しにしていたし、要のことを好きなようにも映った。

それに、要は強面《こわもて》という印象が強いけど、ちゃんと見ればモテる容姿だと思う。本人が言うほどガサツでもないし、面倒見も良いから、女性が絆《ほだ》されないとは言えない。

「要、割とマメじゃないの」

「……そんなの、お前だからだ」

「従妹《いとこ》にも、甲斐甲斐《かいがい》しくしているわ」

「あいつが荒れてたこともあって、かなり手荒に扱ってたぞ。実際向こうは俺のことを口うるさい暴力従兄《いとこ》としか思ってない。今じゃ俺の顔見るだけで、警戒した猫みたいになる」

そう言った要は、ふと視線を落として言葉を切った。

「……とにかく、俺は女に好かれるようなタイプじゃないし、あの女と付き合ったこともない」

「じゃあ、彼女を振ったの？」

「それ以前の問題だ。俺が見合いを断った腹いせに、あの女は自分の親父を使って俺を食事に誘い出して、その席にしれっと座っていたんだ。だから俺は同席せず、丁重に断って帰った」

忌々《いまいま》しげにそう言った要の左眉頭に、深い皺《しわ》が寄る。

「……あの人のお父さん、要の知り合い？」

「俺の階級じゃ、まず逆らえないぐらい上の相手だ」

「そんな人との会食を放棄して大丈夫だったの？」

「あまり良くもないが、お前がいるのに他の女に手を出すほど腐った覚えもない」

そういうところも、変に真面目で律儀《りちぎ》だった。

二年前のあの時に言われていたら、きっと嬉しくて感動していただろうけど、今は少し複雑な気分。

「親父の身分と、見た目だけはそれなりだから、周囲がちやほやして甘やかしたんだろう。望めば何でも自分の思い通りになると思ってたらしくてな」

「じゃあお見合いや食事を断ったから、あの人、要に執着《しゅうちゃく》するようになったの？」

「ああ。相手にしないどころか興味を示さなかったのも俺が初めてだとさ。こんな屈辱《くつじょく》はないと、翌日には仕事中の俺のところに乗り込んできた。その上ぎゃんぎゃん吠えて仕事にならねえから、ムカついて叩き出した」

要はそう吐き捨てる。

「それからだ。大家を丸め込んで俺の家に勝手に上り込んで、物は盗むわ、合い鍵作るわ、行く先々でやれ恋人だ、やれ婚約者だのとふれて回る。止めろと言っても引っ越しても、暴走は収まるどころか悪化して、しまいには毎日のように押しかけてきた。だんだん妄想にも拍車がかかって、お前の方が浮気相手だとか喚《わめ》き出すしな。正気の沙汰《さた》じゃなかった」

思わず背筋が凍る。

彼女ほどではないにしろ、高校生の時に私をストーカーしてきた大学生を思い出してしまう。

全く面識がなく話したこともなかったのに、その大学生の頭の中で私は彼の恋人になっていた。

十年以上経つけど、今でも生々しく思い出されて怖くなってしまう。私は思わず震えた手を必死に握って押さえた。

要も、彼女からそれ以上の恐怖を味わったのかもしれない。でも――

「……いつもの要なら、どうにかしてしまうじゃない」

それこそ要は本職の警察官なのだから、その辺の処理は上手くこなしてしまいそうだけど。それをしないで相手に甘んじるなんて彼らしくない。

「普通ならな。だがあの女は俺の前にも何度か似た事件を起こしていて、そのうち何件かは傷害沙汰にもなっている。それをあの女の父親が何度も揉み消してきた……生半可《なまはんか》な始末の付け方じゃ、俺の方が潰されて泣き寝入りする羽目になる。だから慎重に時間をかけて片づけたんだ」

「それなら、私に一言でも言ってくれたら良かったじゃない。何も別れなくたって、他の方法だって」

「無理だ」

「無理って……」

躊躇《ためら》いなんて一切見せずあっさり否定され、また胸が抉《えぐ》られる。

私への相談は必要ない。そうやって要は一人で決めて、別れを選んだ。

「逆上してお前を殺しに行くと叫び散らして、俺に向かって刃物を振り回すような女だ。真っ当な理屈が通用しない頭の螺子《ねじ》がぶっ飛んだ女を、お前には絶対近づけられなかった」

「それなら尚更、言ってほしかったわ……怖くたって、貴方《あなた》が話すならちゃんと聞いたし、どうするか一緒に考えたわ」

「……一度、ストーカーの恐怖を味わったお前に、言えるわけないだろ」

そんな風に、まるで腫《は》れ物に触るように何でもかんでも隠して、要一人ですべてに対処して、私は何も知らないまま一人安全な所にいる。

おとぎ話のお姫様だって努力をして幸せを掴んだりするのに、アラサーの私はただ守られていただけ。

二人で乗り切らなければいけないことを、何一つ話し合うこともせずに。

これで付き合っているなんて、恋人なんて……とても言えない。

「ねえ要、貴方にとって恋人って……彼女って何？　私は……貴方にとって何？」

「何って……お前は俺の女だろ。でなきゃ、守ったりするか」

「貴方の従妹《いとこ》は、貴方の女？」

要は深くため息をついて、頭を掻く。

「何なんだ一体……俺があいつに対して恋愛感情を持ってないのは、お前も分かってるだろ」

「恋愛感情がなくても、貴方は守るわ」

「いい加減にしろ。お前、何が言いたいんだ」

「貴方にとって、私はもう女じゃないのよ……長く付き合いすぎて愛情が消えてしまったのに、私の周りにトラブルが起こるから、助けなければって……そう思っているだけなのよ……それはただの庇護《ひご》欲《よく》で、愛情じゃない」

「……そんなわけあるか」

「一年もセックスレスで、キスもしない、手だって触れないのに？」

元々、要は性交渉に関してそんなに積極的ではなかった。

二年前に別れるまではキスやハグは会う度にしてくれたけど、セックスは月に数回だった。一旦始めれば、私の理性が飛んでしまうほど濃厚だったけど……

もし要の中で、私が女ではなく、従妹と同じようにただ『守らなければいけない』存在になっていたのなら……この一年間、何もなかったことにも納得がいくもの。

「いい年して、餓鬼《がき》みたいにがっつけとでも言うのかよ」

「そんなこと言ってないわ。好きとも言ってくれない、会っても素っ気ない、そんな貴方が私のことを好きだなんて思えないのよ……ずっと、婚約指輪をしていたあの人の姿が、頭から離れなかった。要は、彼女のことが今も好きなんじゃないかって」

「だから、違うって言ってるだろ」

「分かってる！　だけど今日、貴方《あなた》から話を聞くまで、そう考えずにはいられなかった。要が婚約指輪を贈ったのは彼女だけだって……」

彼が選んだのは、長く付き合った私ではなく、お見合いで知り合った彼女だと思った。

私の指輪がかすむほど綺麗で豪華な指輪を贈られ、優越感に浸《ひた》っていた彼女だと。

あれは、酔狂《すいきょう》で贈るような物じゃない。

要は左眉頭に皺《しわ》を寄せたまま、首を横に振る。

「あの女に指輪なんかやってない」

「指輪は貴方が買った物でしょう？」

「確かに俺が買った。けど、それをあの女が俺の家に勝手に入って盗んだ」

「……どうして買ったの？」

「お前な……そんなの、お前にやる以外に理由なんかないだろ」

「……どうして私に？」

「…………」

「……要？」

「……だったんだよ」

「え？」

「だから……お前にプロポーズするつもりだったんだよ。二年前のお前の誕生日に」

一旦口を噤《つぐ》んだ要は、やがて言いづらそうにぼそぼそと呟《つぶや》いた——信じられないことを。

「う……うそ……」

私がそう言うと要は立ち上がり、テレビボードの引き出しから小さな箱を取り出して、私の傍《そば》に腰を下ろした。そして手の中のそれを差し出してくる。

「開けて見ろ」

それは角が少し歪《ゆが》んだ指輪のケース。

「あれからすぐに、あの女から奪い返した」

受け取ってそれを開くと、ダイヤモンドのちりばめられた指輪がある。

二年前、彼女の指で光っていたそれを、ケースから取り出して眺めた。

五十万円以上はするだろう、高価な指輪。こんな高価な物じゃなくても、いつか要から婚約指輪が貰えたらいいと、雑誌を見ながら思っていた。

それをこんな形で見るなんて、皮肉。

新品にも見えるその指輪の裏側には文字が刻印されていたけれど、何かで削ったかのように潰されている。

それでも、目を凝《こ》らせば『TO YUKARI』という文字が読めた。

「……本当に私のために？」

「ああ」

「でも、あんなことがあったのに……どうして今も持っているの？」

二年前、私たちは別れてしまった。それに取り戻したところで、名前の削られた指輪に行き場なんてないのに。

ストーカーの嫌な思い出もあるのだから、捨てないにしても、質屋に売ってしまうことだって出来たのに。

「これまで散々振り回して待たせた挙句《あげく》に、二年前はお前を泣かせて……それ見てどう償《つぐな》っていいか分からなかった。だから、持ってる。忘れないために」

要は私の手から指輪とケースを取り、指輪を摘まんで眺めた。

私は彼の言葉に、ふと引っ掛かりを覚えた。

……あの時、要の前で私……泣いたかしら？

彼の負担になりたくないから、彼の前では泣かないと決めていたはず……

私の疑問をよそに、要は話し続ける。

「それから悔い改めて、次はお前のことを大事にしようと決めたが、あの女のことを片付けた時には、お前には新しい男がいた……当然だ、あんな別れ方をしたんだ。加えてお前は良い女だ。男が放っておくわけない」

その言葉に私の胸が締めつけられる。

大事なことさえ教えてくれない要は、当然「好き」とも満足に言えないし、「綺麗だ」とか「可愛い」とか、女性を褒めるような言葉だって口にしなかった。

言われ慣れないその言葉は本当なら嬉しいはずのに、どうして今なんだろう。

何より、その新しい彼に身を引かせたのは要。

「幸せそうに笑ってるお前を見て、俺以外の男の方《ほう》がお前を幸せにしてくれるんじゃないかとも思った。俺はお前にあんな顔をさせたことはないし、優しくも出来なかった。だが、どうしてもお前を諦められなかった」

「……それならどうして、前以上に素っ気なくしたの？」

「……修復しようと足掻《あが》けば足掻くほど、大事な言葉どころか、好きとすら言えなくなった。離れたお前の気持ちを取り戻す術《すべ》も分からない……だから、どう接していいのかも分からなくなった……気付いたら、俺はまた、お前にひどいことを繰り返していた」

指輪を握りしめた自分の手を見つめながら、要はそう独白のように呟《つぶや》いた。

「その結果が昨日のお前の言葉で、おまけにやたらスペックの高い野郎がお前の傍《そば》にいた」

「……社長のこと？」

「お前がついに俺に愛想を尽かして、あの男を選んだのかと思った……初めからおかしかったんだよ。お前みたいに美人で怖がりな奴が、どうして俺なんかの女になったのかって。より戻すのだって、俺にビビッて、断り切れずにOKしてんじゃないのかとか思ってたよ」

要がそんなことを考えていたなんて、全然知らなかった。

いつも自信たっぷりで、まさに俺様。いつだって俺に付いて来いとばかりに、私のことをリードしていたのに。

「そんな理由で復縁なんてしないわ……確かに初めて会った時は、要のこと怖かったわよ。大柄だし、いつも眉間に皺《しわ》を寄せて私のこと睨《にら》むように見るし、最初は単語でしか受け答えしてくれなかったもの……」

「それは……緊張してたんだよ」

「……私の態度が悪いって、怒ってたんじゃなくて？」

「何で怒るんだよ。怖い目に遭《あ》って怯《おび》えてるのに、俺みたいなのが傍《そば》にいたら余計ビビるだろ、普通。こんな無駄にデカいガタイで、ガサツで、男にすらビビられるんだぞ」

私相手にそう思っていたなんて、全然知らなかった。

「おまけに口も悪いだろ……ただでさえ男を怖がってるお前をさらに委縮《いしゅく》させたくない

から、言葉選んで丁寧に喋ろうとしたんだ。けど、喋り慣れないこと喋ろうとするからなかなか言葉が出てこなくて、上手い言葉が浮かんだ時には大体話が終わってるしよ……」

そう言えば、出会った頃の要はすごくもどかしそうに喋っていたし、会話がかみ合わなくて何度も微妙な空気になったけど、そんな理由だったの？

「柄《がら》じゃないことしても無駄だって分かって、すぐ諦めたけどな」

「それでどうして、要が緊張するの？」

「……惚れた女と話すのに、緊張しないわけないだろう。二人きりになれば尚更」

「うそ……」

「だから、今更嘘なんかつくか。あの時紹介される前から、クラス長会議で見かけたりして気になっていた……。だいたい好きでもない女のために、ストーカー捕まえたり、送り迎えしたりなんかするか。俺は慈善事業家じゃない」

学生の頃、ストーカー騒動が落ち着くまでの間、毎日家と学校の間を送り迎えしてくれるくらいマメだった要。家が全くの逆方向だったのに、それを騒動が終わるまで内緒にして、私が気に病まないようにと気遣ってくれた。

そんな要だから、私が怖がっていたのも最初だけだった。そのうち少しずつ、見た目と違う人だって思うようになった。

要は結構、見た目と口の悪さで損をしている。

言葉が少なくても素っ気なくても、優しさをちゃんと持っているのに。

約束したことも必ず守ってくれる人だったから、自然と好きになったし、言葉足らずなところがあっても嫌いになり切れなかった。

それでも、いつまで経っても好きと言ってくれなかったり、感情が分かりづらかったりして、辛い思いもさせられて……

「だって、ずっと素っ気ない態度だったじゃない。告白の時だって不機嫌で、『俺と付き合え』とか『俺の女になれ』って言うだけだったのに」

好きとも言わずに、命令口調。でも、そっぽを向いた顔は真っ赤で。それで、やっと告白されていたんだって、気付いたくらい。

「そりゃ、ド緊張して頭真っ白のままで口走ったからだよ……仕切り直して真っ当に告白しようと思っても、お前を前にするといっつも緊張して、なんか偉そうなことばっか口走ってどうしようもならなかったんだよ」

「私、貴方《あなた》に対して、プレッシャー与えるような態度だった？」

好きだと言ってくれるのを期待するあまり、知らず知らずのうちに要に物を言いづらくさせるような雰囲気を作っていたのだろうか。

「違う……何ていうかその……なんだ。あれだ、あれ」

「……あれ？」

　要が何を言おうとしているのか、よく分からない。

「もしかしたらお前が、面倒くさい男よけに俺と付き合ってるんじゃないかとか、俺の高圧的な態度が怖くて付き合うことにしたんじゃないかって思うと、改めて好きだって言って振られるのが怖かったんだよ」

　横を向いて頬を掻きながら話す要に、私は自分の耳を疑ってしまった。

　そんなの、要らしくない。私に対してびくびくするだなんて。

「そのうちお前はどんどん綺麗になっていくし、女として自分の足で立って社会で生きていけるようになって、俺より面《ツラ》も良くて立ち回りも口も上手い野郎が、周りに出てくるようになった。俺が他の連中に勝てるようなことって言ったら、格闘技くらいしかない。せめて警察官僚として出世しないと、お前との釣り合いが取れなくなる。だから、功を焦って危ない橋を渡って、怪我もした……そのせいでお前に辛い思いもさせた」

「要、警察官になったのは従兄《いとこ》のためなんでしょう？」

「もちろん、仇《かたき》を打ちたいと思ってのことだ。だけどな、それと同じくらい、お前を守る力も欲しくて選んだ道だ。上に昇ればそれだけ組織に幅を利かせられるし、融通《ゆうずう》も利く。それにお前の同僚、俺を見てヤクザだって言ってお前を見下してただろ。俺が出世すれば、お前も胸張ってあいつらに反論できるんじゃないかと思ったんだ」

「あの話、聞いていたの？」

要が言った同僚とは、前社長の頃の秘書課の社員。

男性の容姿と肩書きを自分のステータスにする人たちだったから、偶然私が要といるところを見ると、案の定見た目だけで要のことを判断して蔑《さげす》んだ。

当時の要は仕事の関係でちょうど服装や髪形をその筋の人みたいに変えていたから、余計に。

そのこともあって彼女たちは要に対して直接悪態は吐かなかったけれど、要が席を外した時にチクチクと揶揄《やゆ》してきた。

私は、見た目で判断しないでと反論はしたけれど、要が警察官僚だとは言わなかった。言えば、掌《てのひら》を返したように要に言い寄るのは目に見えていたから。

要に女の人を近づけたくない、そんな嫉妬《しっと》から。

そのことを、ずっと気にしていたなんて……

「あんだけ、相手の声がでかけりゃな。俺の文句は俺に言えって、ヤクザのふりして恫《どう》喝《かつ》してやろうと思うくらいには、クソムカついた」

「そのせいで、怪我するようなことをしたの？」

「……まあ、結果的にそうなっただけだ」

「私は、貴方《あなた》が怪我をしてまで出世したって嬉しくないっ！」

「友伽里……」

思わず怒りのままに声を荒《あら》らげた私に、要は呆然とする。

「そんなの全然、嬉しくないよ、要……」

どんな理由であろうと、好きな人の痛々しい姿なんて見たくない。

私との釣り合いだとか、私の見栄を考えてのことだとしたら、尚更。

そんなこと、私は全く望んでない。

「キャリアだから、危険な任務は少ないって思っていたのに、要は自分から進んで危ないことばっかりして……でもそれは、従兄《いとこ》を助けられなかった貴方が、暴力団を撲滅《ぼくめつ》させたいって一念ですることだから仕方ないって……そう思っていた。だから、やめてなんて言えなかった……貴方が、大怪我するまで」

九年前、要が襲撃されて、搬送《はんそう》された病院で手術を受けている最中、一時は命も危ない状態になった。その時、私は初めて要が死んでしまうかもしれないって、怖くなった。

それまでは心配しつつも、いつも際どいところで切り抜ける彼に対して、この人なら大丈夫だって、どこかで楽観視していた。

だけど、それが間違いだって思い知ったのだ。

要は確かに腕も立つし、頑強な身体をしているけど、無敵のヒーローじゃない。刃物で刺されたり、銃で撃たれたりしたら死にそうにもなるし、下手をしたら本当に命を落

『いくら貴方《あなた》だって、一歩間違えれば怪我だけじゃ済まないのよ！　もっと自分を大事にしてよっ！』

せめて自分の命くらいは大事にしてほしくて、初めて要に危ないことに関わるのはやめてほしいと訴えた。けれど、あの時は結局受け入れられないままに別れてしまった。

「あれは……焦ってたんだ。従兄《いとこ》を抗争に巻き込んで殺した奴らを組織ごと潰せるかど

うかの瀬戸際で、後には引けなかった……それに、お前はあの女たちのことがあってか

ら、俺のことを仲間に紹介しなくなっただろ……友達《ダチ》に紹介したくないような、情けな

い男のままじゃお前との約束も果たせないから、躍起《やっき》になっていたっていうか……」

「……約束？」

不意に要が左手を伸ばし、私の右手に触れた。

ごつごつした太くて大きな指が、私の薬指の根元を撫《な》でた。そこは、長年嵌《は》めていた

指輪のせいで少しくびれていて、日に当たらなかった分だけ肌が白かった。

「……言っただろ、いつかお前にもっと良い指輪やるって」

要、覚えていてくれたんだ……もう十五年も前のことなのに。

「貴方はもう、綺麗に忘れてるって思ってた」

「忘れるか……あれでもな……一世一代の告白だったんだぞ……一応……結婚考えて

るっていう意思表示つうか……」

「……分かってる。貴方なりの精いっぱいの告白だって。だからあの時すごく嬉しかったし……好きだって言ってもらえなくても、我慢できた……要は、言ったことは必ず守ってくれる人だから……」

それなのに、今、私の指には要がくれた指輪がない。

待つことに疲れて、自分から外して彼に返してしまった。

「だけど、何年経っても貴方の態度は変わらないし、突然別れろって言ったり、かと思ったらより戻せって言って私を振り回して……私のこと、大事にしてくれないし、どんどん要の考えていることが分からなくなって……だから、別れてほしいって言ったの」

「……すまん」

「おまけに、大事な話を私に全部隠して……」

「……すまない」

「要は私のことを信頼してくれていないって、それだけ私は頼りないんだってショックだった……」

要の手をそっと離そうとしたけど、要はその手をさらにきつく覆うように握りしめてきた。

「結果的にお前に隠し事をして、お前の気持ちを蔑《ないがし》ろにしたことに変わりはない。けどな、それはお前を信用してないからじゃない。お前に怪我させたり、怖い目に遭《あ》わせたりしたくなかっただけなんだ」

「誰だって、怖い目に遭いたいとは思わないわ……でも貴方《あなた》が怪我をしたり危険な目に遭うのはもっと嫌よ……それを避けて通れないなら、せめて貴方を傍《そば》で支えたい。私を彼女だと思うなら、相談くらいしてほしかったのよ……貴方が私たちの先のことを真剣に考えているなら、それは隠してはいけないことでしょう?」

「……けど、お前、怖がりだろ」

「いつまでも、何も出来なかった高校生のままじゃない。問題解決の役には立たないかもしれないけど……それでもきちんと話してくれたら、たとえ怖くても別れたりしないで、貴方の傍で支えるくらい出来るわ!」

確かに私は怖がりよ。

だけど要と付き合ううちに思ったの。

いつまでも守られたままじゃ要の隣にはいられない。せめて自分のことくらい自分で対処できないと、要の負担になる。

だから社会に出て、怖がりで弱虫な自分を改善するための努力もしてきたし、実際それなりに強くなった。

なのに、要はそんな私の変化に気付いてもくれない。

結局、私はただ守られて、要のために何も出来ていなかった。

「貴方が好きだから……だから、十五年も貴方の傍にいたんじゃない！　なのに……これじゃ、ずっと私は貴方の重荷だっただけじゃない……」

「それは違う」

「違わないっ！　……嫌い……要なんて大っ嫌い！」

感情に任せて言葉を吐き出し、固く握られた手を振り払おうとした瞬間、要と目が合った。

ひどく傷ついた顔をした要に、一瞬躊躇《ちゅうちょ》する。

かと思ったら今度は要の顔に怒りが浮かんだ。

怖くなって逃げようとした時には、強い力に腕を引かれ、そのまま抱きしめられていた。

「重荷なわけないだろ」

二回り以上も体格差のある要に包み込まれる。

無駄な抵抗だと分かっていても、唯一自由になる右手でその分厚くて広い胸を押しのけようともがいてみる。けれど、当然ビクリともしない。

「すまん……お前にそんな風に思わせるくらい、ずっと不安にさせて苦しめてきたんだな……悪かった、友伽里」

絞り出されるような要の声。もがいた時に腕の痛みが蘇《よみがえ》ったけれど、それ以上に胸が苦しい。まるで張り裂けそうなくらい。

「俺が全部、悪かった……お前の気が済むなら、何度だってぶん殴ってもいい。好きなだけ怒れば良い。だから泣くな……」

気付けば唇を噛んで声を殺し、顔を隠すように要に縋《すが》りついて泣いてしまう。すると一層強く抱きしめられて、より泣けてしまう。

すまないと何度も謝罪の言葉を繰り返す要に、零《こぼ》れる嗚咽《おえつ》を隠せなくて、止められなくて、言葉を返すことすら出来ない。ただ首を横に振るのが、精いっぱいだった。

「……全部ぶちまけて、スッキリしたいんだろ。俺に見切り付けて、俺とのこれまでを完全に終わりにするんだろ？」

最初、何を言われたのか分からず、涙が止まった。

要の腕の力が緩んだかと思うと、そのまま身体を離される。

私を間近で見下ろす要の表情からは、感情が読めない。

「お前、あの社長の所に戻るんだろ」

そう……別れを切り出したのは、私。

『姉貴もあいつに言いたいこと、全部ぶちまけてこいよ。これで終わりにするなら、気がねなくありのまま言えるだろ？』

どう転ぶかも分からない自分の気持ちを清算するために、こうして話し合いの場を持ったのだから、要がそう考えても不思議じゃない。

そう、当然の流れなのに……

どこかでこのますんなり、要から『やり直そう』と……いつものようにまたよりを戻していくのだろうと思っている自分がいたことに気付いた。

「あの男と一緒になりたいんだろ？　そのために、俺と別れたかったんじゃないのか？」

頭が真っ白になり何も答えられずにいる私を見て、要は訝《いぶか》しげに眉根を寄せて目を細めた。

「……違うのか？」

「別れたい理由は、社長じゃないわ……」

「だったらどうして、あの男の部屋にいた」

「それは……」

「お前にその気があったから、あいつの部屋にいたんだろ」

要のその問いに、何故か責められている気持ちになり、身体が震えてくる。

「……そうよ。貴方《あなた》がレストランであんな話するから……貴方を忘れて、新しい恋をしようって思ったのよ」

そう言って緩んだ要の手を乱暴に振りほどけば、要は険《けわ》しい表情のまま私を見る。

「……そう言えばお前、俺が異動の話をしたあたりから、機嫌悪かったな」

思い出したように言う要は、やっぱり分かっていないらしい。

あの時、私がどうして機嫌が悪くなったのか、何に我慢が出来なかったのか。

「いつも別れ話の前に、そんな話をするからじゃない！　いつもあんな高い店で別れ話をするから、今回も仕事がらみで別れ話が出るんじゃないかと思って怖かったのよっ。昨日は、私の誕生日なのに……貴方《あなた》に誘われた時も嬉しいって思うより、別れ話を切り出されたらどうしようって……そんなことばっかり考えてあの席にいた私の気持ちなんて、全然分かってない！」

「それは……」

「十五年付き合っても、貴方は好きとさえ言ってくれない」

「そう言うことはもっと早く、俺に言えよ」

「無理強いみたいにして貰った言葉なんて意味ないっ！」

好きとか、愛しているとか、そういう台詞《せりふ》を口にするのが苦手な人だと分かっているから、そんなことを言うと無理やり言葉を引き出すみたいで嫌だった。

そんな風にして言ってもらっても、嬉しくなんてない。

不器用でも、小さな声でも、一言だけでも良い。

ただ、要の意思で言ってほしかっただけ。

「……貴方から逃げた後、一人でバーにいた時、社長に偶然会って、初めて口説かれて……私が欲しかった言葉を、社長はたくさんくれた」

「だから、あの男を選んだんだろ」

「そうしたかったわよっ！　でも、出来なかったのよっ！　……バーで一人で飲んでいても、社長と話をしても、口説かれても、貴方のことばかり思い出して……忘れようとすればするほど、自然と貴方を思い出して……泉田元部長に襲われた時だって、咄嗟《とっさ》に貴方に助けを求めていた……」

社長の存在にこだわる要に、やけくそのように想いを吐き出す。

「やっぱり貴方のことが好きだって……好きだって言ってくれるのも、守ってくれるのも、貴方じゃないと嫌だって思い知って……」

「……友伽里」

「自分勝手だって分かっているけど、貴方はさっさと別れる決意をしているし、もうどうしていいか、自分でも分からないわよっ！」

都合が良すぎる私の考えに、要だって呆れたに違いない。

そう思うと、俯《うつむ》いたまま要の顔を見られなかった。

「何がさっさと、だ。ふざけるなよ、お前」

唸《うな》るような獰猛《どうもう》な声に、思わず身が竦《すく》む。

顔を上げようとした瞬間、腕を掴まれて床に押し倒された。

「これまで何があっても外したことのない指輪外して、初めて、別れてくれってお前が言ったからだろ。普段何も言わない分、言い出したら絶対に折れないお前に、どうしろって言うんだ」

元々低い要の声がさらに低くなり、加えて鋭い視線で見下ろされ、身体から血の気が引く。

こんな要、見たことない。

「お前を泣かせて怒らせるような、あんな後味の悪い真似、もう無理なんだよ」

不意に要はそんなことを言った。

肩を押さえつける要の手の力強さに、鈍《にぶ》い痛みを感じた。

怒りしか映さない双眸《そうぼう》に、ただ息を呑むことしか出来ない。

やがて要は力を緩める。

「一年前、お前の付き合っていた男に会いに行ったのも、別れさせるためじゃなかったんだ。あの時よりを戻そうとした俺をお前が強く拒否したのは当然だ。俺は、一方的でひどい別れをお前に強《し》いた。お前が他の男を選んで幸せになろうとしても、責められる立場にない」

「……それならどうして、彼に会いに行ったの？」

「お前が、揃いの指輪をまだ身につけていたからだ」

要に再会したあの時、咄嗟《とっさ》に指輪をした手を隠したけど、見つかっていたのね……

そう思いながら、何もない右手を無意識に撫《な》でていた。

「未練を残しているって、気付いた？」

「気付いたというか……相手の男に言われたぞ」

「え……」

「正直、俺はそんなこと考えもしなかった。指輪はもう関係ない、お前を頼むと言いに行ったはずなのに、俺もお前も未練タラタラだって、初っ端《しょぱな》に指摘された。おまけに、お前がいかに良い女か散々言い聞かされた挙句《あげく》、お前が大事なら二度と手放すなと説教までされた」

「彼がそんなことを……」

要を忘れるまで待つと言って、辛かった時期をずっと支えてくれた人。

『ごめん。君を待つの、疲れちゃったんだ。君の心の中にいる彼も現れたことだし、ちょうど良いから別れよう。友伽里、君はちゃんと彼と向き合って、幸せになりなよ』

結局、私はその想いに応えられないまま、彼に別れの言葉を言わせてしまった。

「それなのに、俺はお前の心を繋《つな》ぎ止められなかった。お前の傍《そば》には新しい男がいる。

なら、別れるしかないだろ」

「……新しい男？」

「あの社長の方が見栄えも良い、口だって立つ。どこぞの御曹司《おんぞうし》で、お前の欲しい言葉もくれるんだろ。間違っても、俺みたいに泣かせもしないだろ」

しかめっ面の要が、唸《うな》るようにぼそりと言葉を漏らした。

そんな風に言われるより、いっそはっきりと他の男に目を向けた女には冷めたと冷たく言われた方がマシなのに。

「私が嫌になったのなら、社長を引き合いに出さないで、はっきり言ってよ」

「嫌なわけないし、お前が好きに決まってんだろ！　十五年経っても気持ちが変わったことなんか、一度もない！」

「好きならどうして、誕生日も覚えていてくれないのよ」

「付き合い始めた頃から、ずっと覚えてる。誕生日は昨日だろうが。だから、お前を誘ったんだ」

え……うそ……どうして？　覚えて……？　これまでそんな素振り、見せたこともなかったのに。

「だ、だって……今まで、全然……」

戸惑う私をしばらく見ていた要は、急に立ち上がり、また奥の部屋に入っていく。

ガタガタと何か物を動かす音がしたかと思うと、すぐに大きな段ボール箱を持ってきた要は、起き上がった私の目の前にそれを下ろして横に座る。

段ボール箱の中には、ラッピングされた大小様々な箱が、溢《あふ》れんばかりに詰め込まれている。

「……これは？」

「お前にやるつもりで買って、渡せなかった誕生日のプレゼントだ。毎年、積もり積もって十五年分」

要の言葉を証明するように、いくつかの包装紙は古いデザインだったり、色が褪《あ》せていたりする。

でも、私の好きなブランドのロゴが付いた物ばかり。

決して、安い買い物ではないはずなのに。

「学生の頃は、緊張しすぎてタイミング逃して、気付いたらプレゼント渡す時期を完全に逸《いっ》してた。社会人になったらなったで、事件があればそれに掛かりっきりで、お前の誕生日どころか、普段会うことすら難しくなって、結局渡しそびれた」

「要……」

「おめでとうの一言すら、無性に照れくさくて、言えなかった……」

こんな理由で、お祝いしてくれてなかったなんて。

本当に要らしいと言えば要らしくて、気が抜けてしまう。

でも、誕生日をきちんと覚えていてくれたことが、こんなに嬉しい。

女性の多いお店に入るのが苦手なのに、女性向きのブランドのお店に、きっと渋い顔をしながら毎年足を運んでくれていたんだろう。それが嬉しくて。

こんな風に渡せないって分かっているなら、プレゼントなんて買わなくても良かったのに。

それでも私のことを考えて選んで買って、挙句《あげく》渡せず大事にしまっていたなんて。

いつまで経っても照れ屋で、格好つけで。器用に見えるのに、大事なところで壊滅的に不器用な人。

なのに、嫌いになんてなれない。もっと、愛しいとさえ感じてしまう。

「……それじゃあ、私のこと、飽きちゃったり、嫌いになったりしたわけじゃないの？」

「そんなわけあるか」

「それならどうして、この一年間、手も繋《つな》いでくれなかったの？」

「……それはだな……お前に触れて、我慢できる気がしなかったんだよ」

そう言った要は、ばつの悪そうな顔をして視線を逸《そ》らした。

「……我慢？」

何のことか分からなくて首を傾《かし》げれば、要がため息をつく。

「手なんて繋いだら、お前を抱きしめたくなる。抱きしめたら、キスして、それでも満足できなくて、お前を抱きたくなる。いつか本気で襲いそうだから、触れないようにしてたんだ」

「……したくない……じゃ、なくて？」

「ケジメもつけていないのに、お前を抱けるかよ」

「けじめ？」

「二年前のことをお前に謝ってお前が俺を許すまで、手は出さないって決めた。けど、それを伝えようにも日が経てば経つほど言い出しにくくなって、結局いつもみたいにずるずると……。つまりだな、お前に呆れられて、嫌われるのが怖かったんだ」

本当に、どうしようもない人。

強くて俺様で、俺の後ろに付いて来いってタイプだとずっと思っていたのに。

こんなにダメダメにヘタレているなんて、全然気付かなかった。

上手に隠し続けて、ずっと私に嫌われることに怯《おび》えていたなんて。

――私たち、とても似た者同士だった。

お互いに嫌われたくなくて、大事なことを自分の中にしまいこんで、すれ違って、ずっと遠回りをして。

こんな土壇場《どたんば》にならないと、本音も言えないなんて。

「……私たち、大馬鹿だわ。お互いもっと早くにこうして言い合うべきだったのに。それに気付くのに、十五年もかかったんだもの……ごめんなさい、要……」

頭を下げた私の腰に要の大きな手が回り、そっと腕の中に閉じ込められる。

「……なあ、教えてくれないか、友伽里。……俺に愛想尽かして別れたいって言うなら、最後ぐらい黙ってお前の望み通りにしてやるしかない……そう思ったのは、俺の間違いか？」

顔を上げれば、怖いくらい真っ直ぐに要の瞳が私の目を射抜いてくる。

答えを求める要の声は、低く静かに耳に響いてくる。

「大間違いよ……どれだけ、私を不安にして泣かせたと思ってるの？　貴方《あなた》と過ごした十五年は、女として一番大事な時間だったのよ……その時間を奪って、あっさり捨てるなんてひどいじゃない」

そんな風に、私を諦めて逃げていくような真似しないで。

必然的に強い口調になった私を要はさらに引き寄せ、首に顔をうずめるようにして頭を下げた。

「……俺は、お前にどう償《つぐな》えばいい？」

「友伽里？」

「馬鹿ね……」

私を抱きしめたまま、乞《こ》うように要は耳元で尋ねてくる。

「私のこと、まだ愛している？」

要はわずかに腕に力を込め、同時に「あぁ」と短く答える。

「ちゃんと言葉にして」

要は小さく唸《うな》った後しばらく無言でいたけれど、やがて、

「……愛している。ずっと、お前だけだ」

と照れを隠すようなもどかしげな様子で、だけどはっきりと言葉にした。

「それなら、もう隠し事はしないで。危険なことを一人で背負うのは止めて。お互いにとって大事なことを、一人で解決なんてしないで……一生、傍《そば》にいて」

「友伽里……」

「たまには、好きって言って。誕生日も、おめでとうくらいは毎年言って……私がそうしてほしいのは、要《あなた》なの」

「……この先、俺がそれをしても良いのか？」

要より優しくて、魅力的な人に同じことをされても、心が躍るのは要だけ。

一番それをしてほしいと最後に願う相手は、いつも要だった。

どれだけ要に怒って呆れて、別れようと思っても、他の人じゃ駄目だった。

私の心を埋めてくれるのは、要だけ。

「貴方《あなた》じゃないと嫌なの……だから、他の男性《ヒト》に目を向けさせないで」

どうしようもなく不器用な彼が、諦められず困るくらい好きなんだから。

だから、十五年も待った。

でも、もう待たない。

好きだから、自分から掴みに行く。

私と、もう一度やり直して。

そう告《つ》げようとしたのに、最初の一言を言う前に、突然強い力で引き離された。

「それ以上は、言うな……俺に、ケジメをつけさせてくれ」

私を見下ろす真摯《しんし》な表情には、有無を言わさぬ強さがあった。私は圧倒されて頷《うなず》くことしか出来ない。

「……これからは、お前に相応《ふさわ》しい男になるよう努力する。隠し事もしない。危険な真似もしない。お前の意見もちゃんと聞くし、お前の誕生日も必ず祝う……だから、もう一度だけ俺にチャンスをくれ。俺にはお前しかいない……」

「……要」

「お前を泣かせるような真似も、手放すような真似も二度としない」

大きくごつごつとした要の指が、私の乱れているであろうサイドの髪をゆっくりと梳《す》いていく。

「他の男にお前を渡すような、不甲斐《ふがい》ない真似もしない。そう誓う」

ゆっくりと、そう言葉にして約束をしてくれる要を、私はじっと見つめていた。

今の彼は、十七歳の頃のようだった。

ストーカーから絶対に守ってやると言ってくれたあの時のように、真っ直ぐに私を見て、一言一言、自分自身に誓い立てするように言葉をくれる。

必ず約束は守るという覚悟が、そこにある。

高校生の頃も、誰にストーキングされているのか分からなくて、周りの異性の視線が怖くて、近づいてくる男の人の何を信じて良いのかも分からなかった頃、要の言葉だけは不思議と胸の中にすとんと入ってきた。

愛想笑いもしないし、口数も少なくて、大柄で威圧感があったけど、私を見る瞳は優しかった。『守る』と言ってくれた時も、真摯《しんし》で揺るぎない強い決意を瞳に宿していたから、彼の言葉を信じようと、そう思った。

その想いは、間違ってなかった。

「苦労をかけてすまなかった。これからはお前を幸せにする……お前がいない人生なんて、考えられない……俺の傍《そば》にいてくれ」

どうしよう。要のその言葉で、泣いてしまいそうになる。

「もう、大人しくなんてしないから……我儘《わがまま》だって、文句だっていっぱい言うわ」

「それでも、大事にする。死ぬまで。一生かけて、お前に許しを乞《こ》う……そのことを許してくれ」

「……貴方《あなた》が私を惚れさせたんだから、私が死ぬまで、ちゃんと責任取って大事にして。でないと許さないから」

顔を見られたくなくて、泣くのを堪《こら》えるようにちょっとだけ強気な物言いをすれば、要の大きな手に顎《あご》を掴まれ、顔を上向けられた。

「友伽里、ありがとう」

安堵《あんど》したような要のその言葉に耐え切れず、ついに目尻に溜まった涙が零《こぼ》れ落ちた。

「……嫌いなんて言って、ごめんなさい」

その涙を、要は大きな掌《てのひら》で少し乱暴に拭《ぬぐ》いながら、「もういい。気にするな」と答えてくれた。

「……友伽里、キスしてもいいか？」

ひどく真面目な顔をして遠慮がちに尋ねてくる彼に小さく頷《うなず》けば、ゆっくりと彼の顔が近付いてくる。

視界が暗くなった瞬間、そのまま唇を塞《ふさ》がれた。

久しぶりの口付けは、初めての時のように、照れと緊張で私の胸を高鳴らせる。

軽く触れた後、何度も柔らかく唇を食《は》むキスは、昔から変わらず丁寧で優しい。

そっと首から後頭部へ回された大きな掌は、温かくて安心感があって好き。触れられるだけで幸せな心地がして、心が満ちていく気がする。

もっと触れてほしくて、触れたくて、要の首に腕を絡め、自分から縋《すが》るように身を寄せる。そうして彼の薄めの唇を同じように啄《ついば》んだ。

やがて口付けを交わしたまま、腰に回った要の腕に引き寄せられ、胡坐《あぐら》をかいた彼の脚の上に横抱きの形でぎゅっと抱き寄せられた。

「……なあ友伽里、俺は昨夜、別れ話なんかするつもりはなかったぞ」

わずかに唇を離した要が、ぼそりとそう呟《つぶや》いた。

「……じゃあ、どうして異動の話をしたの？」

「俺が次に行く警察署の前任の署長な、例の女の父親だったんだ」

「……え？」

意外な事実を知らされて、私はまじまじと要を見つめた。

「随分前から、あの男の素行はうちの内部で問題になっていたんだ。娘の犯罪は握り潰すわ、裏金ピンハネするわでな。おまけに内部告発するには色々障害があって、なかなか手が出せなかった。だが結局そいつは恨みを買いすぎていたみたいで、今回かなりの人数が内部告発に参加した」

「……もしかして、要が内部告発を誘導したの？」

「いや、それは別の人間。下手に俺が動いて、お前に危害が及んでも困るからな。告発ネタは大学の頃からの先輩にいくつか証拠と一緒に提供したが、表立って動いてはいない」

大きく硬い指が、私の頬をなぞる。

「その代わり後任の署長になって、デスクワークしてこいって命令でな。まあつまり、あの女の一件について話して、片《かた》が付いたから安心しろって言うつもりだったんだ」

「そうだったの……ごめんなさい。すっかり早とちりしていたなんて……」

「いや、お前の言う通り食事の後にすれば良かった。そうして楽しんだ後なら、お前もそこまで疑わなかっただろうしな」

「……要」

「それに、お前との二年前の約束も、しっかり果たす」

「二年前の約束？」

私、記憶にないのだけど、何か約束した？

要は私の耳の後ろに手を潜《もぐ》り込ませ、そのまま引き寄せて改めて唇を重ねた。

そして軽く唇を食《は》んで離れたと思うと、私を床に下ろして立ち上がる。

「要？」

「そこにいろ」

そう言ってまた寝室の方へ消えて行った要は、大きな紙袋を二つ持って戻って来た。

私の前で膝を折った要は、見慣れたロゴの入った袋から同じく見慣れた装丁の箱を一つずつ出す。

「本当は昨日、渡すつもりだったんだが……」

「……もしかして、誕生日プレゼント？」

「……これ、覚えてるか？」

そう言って開かれた一つ目の箱の中を見て、私は目を見開く。

「要……これ……」

箱に入っていたのは、ジミーチュウのパンプス。

二年前の私の誕生日に、新しい靴と入れ替わるように消えてしまったパンプスと、同じデザインの物。

でも新品じゃない……

靴を手に取って見れば、ヒールが折れていて、所々茶色いシミまで付いていた。

そして、爪先部分には見覚えのある傷がついている。

私が仕事の際、道路の段差に躓《つまず》いてアスファルトに擦《す》りつけた痕《あと》。

とても気に入っていたデザインだったから、傷を付けてショックだったことを今でも鮮明に思い出せる。

「これ……私の？　失くしたと思っていたのに……どうして要が持っているの？」

「お前、酒に酔って覚えてないだろうけど、二年前バーでお前が変な女に絡まれた時、俺が仲裁に入ったんだ」

「どうして……あそこに？」

「顔を見せられた義理じゃないのは分かってたが、お前の友達からお前の様子を聞かされて、心配になってこっそり見に行ったんだ……その時に、実はお前の今の社長にも会っている」

　だから社長、要のことを知っている口ぶりだったの？

「最初見た時から、あの野郎は気に入らなかった。女連れのくせにお前にやたら構いたがるわ、酒まみれにされたお前にスイートルームやら服やら用意するわ。絶対裏があると思って、お前をあのスイートルームに一人残して帰れなかった」

「……もしかして、あの時、私をお風呂に入れてくれた？」

「そりゃ酒まみれだわ、酔ってフラフラだわ、危なっかしくて風呂で一人っきりにさせられないだろ」

「……ごめんなさい。もしかして、私、他にも何かした？」

「大したことはない」

「教えて？」

「……部屋に行くまでも、俺の顔なんか見たくないとか言って怒って暴れるし、その拍子に靴が壊れたら、今度は泣き出して。靴のことで泣いたのかと思ったら、『振ったくせに優しくしないで』とか『好きだ』とか、色々な……」

「……本当に、ごめんなさい」

さっきの『泣かせた』ってそういうことだったの？　そんなに迷惑をかけていたのに全然覚えていなかった。私が謝れば、要は首を横に振って、

「いや……俺も、真っ裸で迫ってきたお前に、欲情したしな」

と、とんでもないことを言う。

「っ！　や、やってないぞ⁉　……さ、最後までは……」

ぎょっとした私に、要はごにょごにょと言葉を濁す。

それは途中まで何かしたってことよね？　と、聞こうとすると、彼はそれを察したのか気まずそうに頭を掻いた。

だからあの時、ベッドに要の匂いが残っていたのかと納得してしまう。

そして、腰が妙にだるかったのも……。

「……仕方ないだろ……惚れてる女が、裸で色っぽく抱きついてきたら、駄目だって分かってもムラッとするんだよ」

ばつが悪そうに視線を逸《そ》らした要は、私の手から踵《かかと》の折れたパンプスを取り上げて箱

に戻し、新しい箱を私に差し出す。

「開けてみろ」

私はそれを受け取って、箱を開く。

そこには、ジミーチュウのFLAMEのパンプス。

プラチナカラーが光に反射してキラキラと輝き、まるでシンデレラのガラスの靴みたいに綺麗。

「右足出せ」

何をしたいのか分からなくてぽかんと要を見ていたら、要は立ち上がって私の身体を軽々と持ち上げた。

「な、なに⁉」

何かと思ったら、そのまま近くにあったソファに下ろされた。

再び膝を突いた要は、私の右脚を恭《うやうや》しく手に取る。

そして空いた手で箱から右のパンプスを取り出し、私の足にそれを履かせた。

サイズはぴったりだった。

まさしくシンデレラがガラスの靴を履いた時のように。

でも、どうして要が突然こんなことをしたのか、分からない。

「許せ、同じ靴はどうしても見つけられなかった」

「同じ靴？　……要？　どういうことなの？」

「二年前のクリスマスに、お前と約束した。壊れた靴と同じ靴を用意して、お前を迎えに行くってな」

　そう言われると、誰かに我儘《わがまま》を言った気がする。

『……その靴と同じ靴を見つけて、私を迎えに来て。私が好きって、ちゃんとそこで言ってくれないと、嫌だから』

『あぁ、約束する。……お前も、忘れるなよ』

『忘れない……ちゃんと覚えてる』

　頭の中の霧が晴れるみたいに、自分が泣きながら投げかけた言葉が脳裏に蘇《よみがえ》る。

　もっと何か言った気もするけれど、そこ以外はひどく曖昧《あいまい》。

　覚えているって言ったくせに、私、ずっと忘れていた。

「ごめんなさい、要……言われるまで……思い出せなかった」

「いや……散々、待たせて悪かった。遅くなったが、受け取ってくれるか？」

　その言葉に頷《うなず》けば、要は箱を取り上げて床に置き、私の手を取った。

　要の右手の薬指には、ずっと変わらず指輪が嵌《は》められている。

「友伽里……これからはお前に隠し事はしない。お前を悲しませたり、泣かせるような真似もしない。もう、待たせたりもしない。改めて、そう誓う。だから、この先も俺と一緒にいてくれ」

「要……」

私を見上げ、緊張した面持ちで澱《よど》みなくそう告《つ》げる要に、心臓が跳ね上がる。

続いて、大きくてごつごつした指が私の左手を包み、左手の薬指を撫《な》でた。

「お前を……愛している。だから、今度はこの指に指輪を嵌《は》めてほしい。俺と揃いの新しいやつを、皆の前で受け取ってくれるか？」

「それって……」

「……その…………なんだ…………俺が改心したと、お前が判断してからで良い。俺と、結婚してくれ」

その一言に、堪《こら》えていた気持ちが一気に噴き出して、涙が溢《あふ》れてくる。

ずっと、ずっと待っていた言葉。

気付けば、要に飛びついていた。

要は私の身体を受け止めたまま、床に尻もちを突いた。私は構わず彼に跨《また》がるようにして抱きつく。

「お、おい、友伽里……俺、また何か間違ったことしたか!?　何で泣いてる？」

困ったようにおろおろと声を上げる要を、私はぎゅっと抱きしめる。

「私のこと、大事にしてくれる？」

「あ、あぁ、大事にする」

「浮気しない？」

「するか。この十五年も、お前だけだった」

「返品きかないわよ」

「一生、手放さない」

「……好き……要、愛してる」

「……お、おう」

最後だけ照れくさそうにそう答えた要から少し離れ、涙を拭きながら見上げれば、声そのままに照れた顔をしている要が見えた。

「家族にも、一緒に報告してくれる？」

「当たり前だろ。お前が望むなら、今すぐにでもお前の家に行くぞ？」

そう言ってくれた要の目は真剣そのもの。こういう時の彼は、私が頷《うなず》けば本当に今から支度して家に行ってくれる。

そんな要の気持ちが嬉しくて、自然と笑みがこぼれる。

「両親も年末で今は仕事が忙しい時期だし、貴方《あなた》も今日は徹夜明けでしょ？　後で都合の良い日を確認するわ」

「……そうしてくれると、助かる」

「分かったわ……でも、もうちょっとだけ、このままでいい？」

今はまだこの余韻と、要の腕の中にもう少しだけいたい。

要は、私の髪を撫《な》でながら穏やかな顔で頷《うなず》き、私はその広く大きな胸にそっと身体を預けた。

Ⅶ

ふと気付いた時には、夕方近くだった。

遠くで電話が鳴っている音が聞こえたかと思うと、重りでも載っているかのような寝苦しさから解放される。目を開けたら、そこはベッドの上だった。

どうやら、要に寄り添っているうちに眠ってしまって、ここまで運ばれたみたい。

ベッドが軋《きし》む音に隣を見れば、ラフな格好の要が起き上がって、リビングの方へ歩いていくところだった。

既にシャワーでも浴びたのか、いつもワックスで撫でつけているはずの髪は、ところどころはねたりしている。

要はスマホを手に取って、応対している。

私に気を使っているのか、いつもより声を抑えているので、誰と何を喋っているのかは分からない。

仕事がらみの話かもしれないと思って黙っていると、数分して電話を切った要がベッドルームに戻って来た。

「……起こしたか？」

「ううん……仕事の電話？」

「いや。お前の親父さんだ」

「父さん？」

どうして父さんが、要に直接連絡を？

思わず身体を起こしたけれど、怪我をしていたことを忘れて左腕を突いてしまった。

ズキンと痛みが走り、思わず力が抜けて布団に逆戻りしそうになる。

それを、ベッドの端に腰かけた要の腕が支えて起こしてくれた。

「大丈夫か？」

「うん……それより、何かあったの？」

「いや。昼間、お前が寝た後で、理哉に連絡しておいたんだ。お前が起きたら家に送るって。そしたら今、お前の親父さんから、送ってくれるなら夜八時過ぎにしてほしいと連絡が来た」

「どうしてそんな時間に？」

「それより前だと、お前を家に一人っきりにするからだろ」

「……私、子供じゃないわ」

「そうじゃなくてだな。昨日のことがあって一人にするのは、心配なんだよ。俺も親父さんも。だから話し合って決めた」

今更家にいて何かあるとは思えないけれど……でも、確かに少し怖いかもしれない。今は要が隣にいるから大丈夫だけれど、一人になったら昨日のことを考えてしまうんじゃないだろうか。

「それまで時間もある。ゆっくり飯でも食いに行くか？」

「……待って。そう言えば社長から、しばらく家には戻るなって……昨日のことでマスコミが……」

「それなら心配いらない。お前の情報は、マスメディアに出せないようになってる」

「そんなこと、出来るの？」

「俺が情報を渡した仲の良い先輩が、今の警察庁長官の息子だからな。諸々《もろもろ》上手く始末すると言ってくれた」

警察庁の長官って、確か、警察組織の中で一番偉い人じゃないの？　そんな偉い人にも繋《つな》がる交友関係を持ってしまう要って……

ニヤリと不敵に笑った要に、ドキッとさせられる。

時々、要は人の悪い顔をする。まるで何かを企《たくら》んでいるみたいに。

だけど、この表情をする時の要が、一番活き活きとして楽しそうなのはどうしてだろう。

「……どうした？」

じっと見つめていたら、要が顔を近づけてきた。

裸眼のままの要は必然的に目を凝《こ》らすから、凄《すご》んでいるような目つきになる。

「腕痛いのか？　シップ貼り替えてやろうか？」

怖い顔をして口から出るのがそんな甲斐甲斐《かいがい》しい言葉だったので、私は思わず笑ってしまう。

昔、要が怖くなくなって、男性として気になり始めたきっかけは、今と同じようなギャップだった。

それを思い出して、懐かしい気持ちになる。

「なんだよ」

「眉間に皺《しわ》を寄せた目つきの悪い貴方《あなた》も、好きだなって思って」

「なっ、何言って……」

何を言っているのか分からないと言った体《てい》でうろたえた要に、私はそっと唇を寄せた。

軽く触れて離れた時、ふと化粧を落とさずにいたことを思い出す。

やだ！　後からお肌のお手入れ、念入りにしないと。

そんなことを考えながら、自分の両頬を押さえていたら、その手を掴まれた。

優しく下ろされた手の上に、要の手が包むように重なる。彼は何かを言うでもなく、じっと私を見下ろしていた。

私も、そんな要を見返す。

そして、どちらからともなく唇を重ねた。

キスをしながら、ふとあることに気付く。

「……ねえ要、煙草《たばこ》止めた？」

要から、煙草の匂いが一切しない。ううん。部屋のどこからもしない。

記憶を辿《たど》れば、随分前からほとんど匂わなかった気がする。

昨日、ホテルのレストランで煙草を持っていたから、吸うのを減らしただけかとも思ったけれど、今こうしてキスをしても煙草の香りはしない。

「随分前にな……それ確かめるために、キスしたのか？」

「そんなわけないでしょう……でも、それならどうして、昨日は煙草を持っていたの？」

「……緊張しすぎて、無意識に買ってたんだよ……たぶん」

「たぶん？」

「覚えてない。二年前の話をしてまたお前を泣かせたらとか、言葉足らずで怒らせたらとか、別れ話切り出されたらとか考えてて……全部可能性がありすぎるもんだから、緊張してたんだよ。おかげで、昨日の日中の記憶がほとんどない」

記憶がなくなるほど、緊張していたなんて……本当に、この人は分かりにくい。

言葉が足りなくて、表情だって滅多に変わらないから、誤解されやすくて……でも、とても優しくて、それと同じぐらいとても心配性で……

そんなところは高校生の頃の純情だった要と何も変わっていない。可愛い人……なんて言ったら、強面《こわもて》で強気を通している要の機嫌が悪くなりそう。

「何を笑ってる？」

私は、不機嫌そうに眉を寄せた要の胸にそっと身体を預ける。

「……ちょっと高校生の頃を、思い出しただけ」

大学生になった頃から、気付いたら要からは煙草《たばこ》の匂いがしていた。

マイルドセブンの煙草とサムライの香水が混じった匂いが、いつの間にか要の香りになっていたのに、今は淡い香水の香りだけ。付き合い始めた頃もこんな感じだった。

あの頃は、この香りに包まれることが一番の幸せで、要の腕の中が一番安心できる場所だった。

今もこうして要に触れられるのは、やっぱり幸せ。そんなことを考えていると、するっと腰に回された要の腕にそっと抱きしめられる。

「要？」

「……あんまりそういうこと、するな」

ぼそりと牽制《けんせい》するようなことを呟《つぶや》きながらも、要は私の長い髪を丁寧に梳《す》いていく。

「こうするの、迷惑だった？」

顔を上げれば、困ったように少しだけ笑った要が、顔を寄せてくる。

また、軽く触れるだけの口付けが降りてくる。それは遠慮がちに、啄《ついば》むようなバードキスに変わっていく。

何度も触れる熱は、じれったくなるほど優しい。

「お前にもっと触れたくて、困る」

「……私も、要に触れてほしい」

「ばか、煽《あお》ってどうするんだ」

私の額《ひたい》にキスを落とした後、要は怒るでもなくやっぱり困ったように笑うけど、不意にその表情が真面目なものに変わる。

「……今日は、お前を帰すつもりで我慢してるのに……帰したくなくなるだろ」

再びゆっくりと降りてきた要の唇は、吐息さえ呑み込むほど強く私を求めてきた。

要の舌が私の舌を絡め取り、ゆっくりと上顎《うわあご》や歯列をなぞり上げると、私の腰からは快楽が這《は》い上がってくる。

舌がもつれ合う度、唇をきつく食《は》まれる度に、私の口の中から水気を含んだ音が上がる。身体の奥が熱を帯び、互いの吐息が気だるく媚態《びたい》を帯びて、私の耳を侵していく。

背中から腰を優しくなぞりながら下りるその手の感触でさえ、疼《うず》きを誘う。

「んっ……ぁ……要……すき」

無意識にそう呟《つぶや》いていた。

不意に要の動きが止まり、少しだけ顔が離れた。

要の唇がどちらのものともつかない唾液に濡れて、艶《つや》めいていた。要は舌先でそれを舐め取る。

ゆっくりとした要のその動作が、扇情的でゾクッとした。

「そんな蕩《とろ》けた顔で言うな……」

余裕のない声で額《ひたい》に口付けを落とした要は、私の首筋に顔をうずめた。

「……欲に任せてこれ以上サカったら、さっき誓った言葉に説得力がなくなるだろ。もう、お前を不安にさせたくないし、泣かせたくない」

今までなら誤魔化《ごまか》していた想いを、要はきちんと言葉にしてくれた。

甘いかもしれないけれど、それだけで、要がこの先きちんと私との誓いを守ってくれると信じられる。

「貴方《あなた》は口にして約束したことは、必ず守ってくれるもの……だから……もう不安じゃないわ」

「友伽里……」

顔を上げ私を見下ろす要の表情に、私は自分の頬が緩むのが分かった。

自制しようとしている要の瞳には、情欲の炎が燻《くすぶ》っているのが見える。

言葉では言い表すことが出来ない想いに焦《じ》れているのが見て取れて、私はそんな彼に食べられてしまいたいと胸を高鳴らせる。

「それに……そんな顔して我慢なんて言っても、説得力ないわよ?」

「……マジか。情けないな……」

格好つけの要は、眉間に皺《しわ》を寄せて困ったように項垂《うなだ》れる。

そんな要の頬に指を伸ばしてそっと触れる。

女として求められているのが分かるのに、男としての要を求めている自分を抑えたくない。

心も身体も、要に愛されているって感じたい。私が要を愛しているって、もっと感じて知ってほしい。

「全然、情けなくなんてない。嬉しいから……だから、我慢なんてしないで」

「……お前、俺に甘すぎる」

次の瞬間、私の身体はベッドに沈んでいた。

要は私の顎《あご》を掴み、そのまま唇を寄せてくる。

「んんっ……」

噛みつくような口付けに応えるように、私は彼の背に自然と腕を絡めていた。

「後悔させない。幸せにする。だから、お前を全部くれ」

「うん」

要は私の唇から頬へとキスを落とし、耳朶《みみたぶ》を舌で撫《な》で、歯で軽く食《は》む。

「愛してる、友伽里」

耳元で低く囁《ささや》かれる声にぶるりと背筋が震え、シャツの上から身体をなぞる要の大きな手と、首筋を撫でていく唇と舌の熱に思わず吐息が零《こぼ》れる。

私のシャツのボタンを一つ、また一つと外しながら、はだけていく布の下にある肌に、要が熱を落とす。

鎖骨から胸へ、ちゅっと吸いつくような口付けが幾度も落とされる。そのうち身体の奥から熱が湧いてくる。私はもどかしい感覚に思わず身を捩《よ》じった。

浮いた背に滑り込むように回った彼の手が、ブラのホックを器用に外す。

そして胸元に出来た隙間から、要の指がさほど大きくない私の膨らみをとらえて、ブラを大きくずらした。

そこで、ふと気付いてしまう。

あぁ！　そうだ……まだ、だめ。

「んっ、かなめ」

私の背中を支えながら、シャツの腕を抜こうとする要の手を慌てて止めた。

「なんだ？」

要はそんな私の制止など簡単に解いてしまい、その瞬間、シャツが私の両肩を滑り落ち、肘のあたりで止まった。

「だ、だめなの、かなめっ」

私、身体は拭いたけど、昨日はお風呂に入っていない。

変なところで理性が働いた私を、要が怪訝《けげん》そうに見る。

「おい、今更寸止めか？」

「……違うわ……その、シャワーが浴びたいの……」

「待てないし、俺は気にしない」

「でも、昨日入れなかったし……気になって無理よ」

「その腕じゃ、どのみち一人は無理だろ？　……洗ってやるよ」

その言葉に、淫靡《いんび》な響きが含まれていることに気付きながらも、私は小さく頷《うなず》いていた。

§　§　§

要に連れられサニタリールームに入りメイクを落とせば、時間が惜しいとばかりに、要が私の身体を引き寄せて、口付けの雨を降らせてくる。

やがて深くなったキスの中で、性急に互いの服を脱がせ、バスルームに入った。

大きなお風呂が好きな要らしいファミリータイプの浴室は、浴槽も洗い場も広くて、要と私が入っても十分な余裕があった。

「先に、髪洗うか」

そう言って要は、ぎこちないながらも丁寧に私の髪を洗って、トリートメントもしてくれた。

人に髪を洗われるのってちょっとくすぐったくて、でも気持ち良い。

「ありがとう」

「身体も洗ってやる」

「ま、前は自分で洗うからっ」

「片腕が自由にならないんだろ、遠慮するな」

「恥ずかしいから良いの」

「今更、恥ずかしいもないだろ。何年、お前を抱いてきたと思ってるんだ」

ボディ用のスポンジにソープをつけて泡立てた要は、怪訝《けげん》そうな顔をする。

「そ、それとこれは、違うの」

髪なら美容室で洗ってもらうからそこまで抵抗はないのだけど、身体を洗ってもらうのは何だか子供みたいで、照れるというか、恥ずかしい。

「だから、背中だけお願い」

「……とりあえず、後ろ向け」

腑《ふ》に落ちないと言いたげな表情でそう言う要に背を向ければ、柔らかなスポンジが優しく肌を撫《な》でていく。

強くもなく、弱くもない、ほど良いその感触が心地好くて、うっとりと身を委《ゆだ》ねてしまいたくなる。

「ほら、背中終わったぞ」

「ありがとう」

スポンジを差し出され、顔だけ振り返ってお礼を言えば、そのまま軽く口付けられた。

「洗いづらかったら、言えよ？」

「うん」

彼に背を向けたまま、自由の利く方の手でスポンジを持ち身体を洗っていく。

上半身を洗い終え、足を洗おうと少し前かがみになった時、突然泡まみれの首筋を要の指が伝った。思わずびくりと身体が震える。

「ひゃっ！　か、要っ」

思わず振り返れば、彼は悪童のように笑いながら、両手で私の肩から腰に向かって円を描《えが》くように撫《な》でてくる。

「暇だから、手で洗ってやる」

「も、そこは洗ったでしょ、んっ……」

要は私の肌についた泡を手に絡ませながら脇腹を撫でる。その手はお臍《へそ》に辿《たど》り着き、指先がその窪《くぼ》みを擽《くすぐ》り始める。思わず身を捩《よ》じるが、要の手は止まらない。

「このくらいさせろ」

やがてその大きな掌《てのひら》は、胸へと這《は》い上がり、そこにある膨らみを包み込んだ。

マッサージするように指先が肌を滑り、乳房が形を変える。その度に指先が胸の尖《とが》りを掠《かす》めていく。

「んんっ！」

「どうした？　ただ洗ってるだけだぞ？」

ぷくりと大きくなった粒を摘まんだ要は、そこを指の腹で擦りながら耳元で囁《ささや》く。

どう考えても、洗ってなんていない。気持ち良くさせる気満々な動きだ。

「手が止まってるぞ？」

「それは要が……」

「ずっと我慢して、やっとお前に触れられたんだ。許せ」

熱のこもった声と、優しいのに刺激的な彼の指に翻弄《ほんろう》され、身体が段々と疼《うず》いてくる。

早く洗って、彼の手から逃げないと。

そう思って脚をスポンジで洗っていくけれど、それを邪魔するように、要の指は強弱をつけて両方の乳首を転がしてくる。

「ゃんっ、駄目、だってば」

きつく摘まれると、ジンとした甘い痺《しび》れが身体中を走って、何度も手が止まる。

耳元にある彼の唇から、吐息に混じってかすかな笑い声が零《こぼ》れたかと思うと、耳朶《みみたぶ》を食《は》まれる。

「じゃ、ま……しちゃ駄目」

訴えてはみるけれど、何の抑止力にもならない。

やっとのことで脚を洗い終えれば、要は私の上体を引き寄せ、自分の胸にもたせかけて抱きしめてきた。

「なあ、前見てみろ」

言われるまま正面に視線を向ければ、そこには姿見ほどの鏡があって、私たちの姿を映し出していた。

泡に塗《まみ》れた胸は、要のゴツゴツとした太い指が食い込んで形が歪《ゆが》んでいる。そんな様子を、頬を紅潮させ熱を含んだ視線でじっと見ていると、鏡越しに彼と目が合った。

その瞬間、身体の奥がまたずくっと疼く。

「目を逸らさず、見てろよ」

舌と唇で耳をしゃぶられ、ぴちゃぴちゃと艶《なま》めかしい音がダイレクトに鼓膜に響く。

それだけでもゾクゾクするのに、目の前に映し出される自分の胸と、時折挑発的な視線を向けながらそれを弄《いじく》る要の表情が、私の淫らな感情を煽《あお》る。

「はぁ、だめっ……恥ずかしい、から」

要にされているはずなのに、まるで別の所にいる彼に私の痴態《ちたい》を見られているかのようだ。

「俺がしてるのに、お前が乱れていくのを見せつけられてる気分で、何か興奮する」

その言葉を証明するように、私の後ろの双丘に触れる熱い塊《かたまり》が、少しずつ硬さを増していくのが分かる。

要の手が動く度、くちゅっと石鹸の泡が音を立てる。その度にまた身体が疼《うず》いて、次第に喉から漏れる自分の吐息が熱を孕《はら》んでいくのが分かる。

「こういうのも、新鮮でいいな」

胸からお腹を撫《な》でる要の右手は、ゆっくりと私の肌の泡を掬《すく》い取りながら下へとおりていく。

そして脚の付け根にある薄い茂みを越え、指がその先へと滑り落ちた。

「んんっ」

つつっと、掠《かす》めるように秘裂をなぞる刺激に、思わず脚を閉じてしまう。

「脚を開け。手を挟んだら、洗えないだろ」

「や、あっ」

彼の中指が割れ目を押し開き、襞《ひだ》を掻き分けて、ぬかるんだそこに直に触れる。その途端、思わず身体が跳ねて、脚の力が緩む。

「相変わらず、感度が良いな」

少し硬い指がぬめりを取り去るように、ゆっくりとそこを何度も往復する。

「そこ、自分でする……から」

「駄目だ。全部やらせろ」

「あっ、やっ……そこっ」

指先が小さな尖《とが》りに触れ、円を描《えが》きながら秘された私の花芯を暴いていく。

左手は止まることなく胸を弄《もてあそ》び、私の身体は上も下もジンジンと毒のような甘い痺《しび》れに侵される。

擦られる度、身体がびくびくと震えてしまい、くちゅくちゅとした小さな音が次第にヌチュッヌチュッと粘りを帯びた大きな音に変わる。

「洗ってるのか、汚してるのか分からないな」

「んっ、要っ、声、出ちゃうから……も、やめっ、んんんっ！」

私の声がバスルームに反響する。必死に唇を噛んで堪《こら》えるけど、与えられる刺激が強くなればなるほど、その声も大きくなってしまう。

「そと、きこえちゃう、から……」

「友伽里、こっち向け」

顔を要に向ければ、突然、口付けられる。

「んんぅっ、ふっ……」

要の舌が深く差し込まれ、私の舌に絡みつく。それに応えるように、私は彼の動きについていく。

声も、吐息も、唾液さえも貪《むさぼ》り合う激しいキスの最中も、要の手の動きは止まらず、むしろ口付けと同じように激しくなっていく。

上り詰めていく快楽と、息さえ滞《とどこお》らせる口付けで頭がチカチカしていく。

「んっ！　かな……いっ、いっちゃ……んんんーっ！」

敏感になった花芯をきつく擦られた瞬間、強い刺激が突き抜け、一気に頭の中が真っ白になった。

ビクビクと震え、力の抜けた私の身体は、要の腕にしっかりと支えられる。

「洗い流すか」

唇を離した要は満足げに笑い、私をゆっくりとバスチェアーに座らせ、湯を出したシャワーヘッドを手に取る。そして手で肌をなぞりながら、シャワーのお湯で泡を洗い流してくれる。

一度達して敏感になった身体は、それだけでも反応してしまう。

「友伽里」

突然脇に大きな手を差し挟まれ、身体を持ち上げられた私は、そのまま浴槽の縁に座らされる。

脚を開かれ、何をされるか考える余裕もないまま、再び秘された場所に触れられた。

そして指でそこを押し開かれたかと思うと、突然シャワーの湯を当てられる。

「ひんっ！」

勢いよく出るシャワーのお湯が無遠慮に敏感な所に打ちつけられ、むずがゆい甘やかな快楽が襲ってくる。

脚を閉じようにも、要の身体が脚の間にあってそれも出来ない。

初めての感覚に身体が揺れて、バランスを崩しそうになり、目の前の要に縋《すが》りつく。

要の指が、再び秘裂を撫《な》でていく。

「洗っても洗っても、溢《あふ》れてくるな」

「んんっ！　やぁっ、それ、変になるっ」

「もう一回、いくか？」

私は必死に首を横に振る。

「やっ。ここじゃ、やっ……」

「そうだな。これ以上、声を堪《こら》えて唇噛んだら、傷が出来るしな」

要はシャワーを離すと、手を止めて私の下唇を軽く食《は》み、舌でなぞってから立ち上がった。

「先に戻って、髪乾かしとけ」

「……要は？」

「俺は、一回抜いてから行く」

シャワーを止めた要は、自身の屹立《きつりつ》したものを指さす。

「このままじゃ、慣らす前にやっちまいそうだからな……って、おい、友伽里？」

彼の前に膝を突き、逞《たくま》しく張り詰めたものに触れれば、要が焦ったように声を上げる。

「私にさせて？」

「……良いのか？」

「うん」

自分からこんなことをするって言ったことは、ほとんどなかった。

言わせてもらえないというか、主導権はいつも要だったし、彼もあまりさせてくれなかったから。

私は掌《てのひら》でそれを優しくさする。すると鈴口からぬるりとしたものが零《こぼ》れ出て、ぬちゃっと音を立てる。

そっとその先を口に含めば、少し苦いようなしょっぱいような味がした。

ちゅっと、軽く口付けして一度離れ、今度は舌先で鈴口をなぞる。

同時に要の喉からは熱を帯びた吐息が漏れた。

唾液を絡ませるように丹念に竿のすべてに舌を這《は》わせれば、それはビクビクと震えて、先から雫《しずく》を零した。

唾液に塗《まみ》れたそれを手でしごきながら、口に含み愛撫《あいぶ》する。

私には大きすぎて、尖《とが》った先の部分しか咥《くわ》え切れないけれど、それでもあまり上手く動かない手で袋を包み、やわやわと揉むように触れれば、要はまた小さく声を上げた。

「友伽里」

私の額《ひたい》に張り付いた前髪をなぞる要の指に、そっと顔を上げると、要は上気した顔で眉根を寄せて私を見下ろしていた。

「気持ち……良くない？」

あまり慣れてないし、片手も上手く使えないから不安になる。

「逆だ……気持ち良すぎて、すぐイきそうだ」

快楽を堪える色気を含んだ淫靡《いんび》な彼の表情に、くらくらする。

「んっ、私でイって」

攻めるように動きを速めれば、次第に要の息が速くなり、漏れる声も増えてくる。

「くっ、友伽里、もう、イっちまう。離れろ」

だけど私は彼を口に含んだまま、追い立てる。

「っ！　んっ、うっ！」

少しだけ膨れた彼の屹立《きつりつ》が、そんな声と共に大きく震え、私の喉に打ちつけるように熱を放った。

「んんぅっ」

どろりと濃厚で苦いそれは、何度も噴き上がり、私の口腔《こうこう》を満たしていく。

口から溢《あふ》れそうなほどにたくさんのそれを、私は飲み込んだ。

「うぅっ、友伽里っ」

吐精を終えた彼の鈴口をそっと吸えば、残滓《ざんし》が溢れ出し、要の口からも喘《あえ》ぎが漏れた。

その残りも飲み込んだ私は、少し勢いを失った彼の屹立から離れる。

「ものすごく苦い……」

前はこんなに苦くなかったし、濃くなかった。量だって、今日は何だかすごく多かった。

思わず呟《つぶや》いたら、要が肩を大きく上下させながら驚いたように私を見る。

「おまっ……飲んだのか？」

「うん」

要が口の中に出すことも稀《まれ》だし、いつもすぐ吐き出せってティッシュをくれるから、ずっとそれに従ってきたけど、何だか今日はそうしたくなかった。

彼から与えられるものを、全部、受け止めたかった。

「あんなもん、不味いだろ。無理すんな」

「要のだから……平気」

要は片手で顔を押さえ、深くため息をついた。

「……嫌だった？」

「いいや」

要は顔から下ろした手で私を掴んで立たせ、そのまま膝裏と背中に腕を回したと思ったら、突然横抱きで私を持ち上げる。

「お前をものすごくイかせたくなった」

「か、要？」

「ベッドで、たくさん啼《な》かせてやる」

そう言って身体も満足も拭かずベッドルームへ向かう要に、私の身体がまた疼《うず》いた。

§　§　§

「ぁ……」

ゆっくりと舌で鎖骨を撫《な》で上げられ、身体がベッドの上で跳ねた。

大きく無骨な掌《てのひら》がささやかな胸の膨らみを包み、その感触を楽しむように蠢《うごめ》く。

「はっ……う、んっくっ」

その度に媚態《びたい》を帯びた自分の吐息が声と一緒に零《こぼ》れる。

思わず自分の右手の中指を噛んだ。

そうやって声を抑えていると、その手を要が掴んで口から外す。

「声出せ。風呂場じゃないんだ、我慢するな」

顔を上げてそう言った要の指が、胸の頂《いただき》を弾《はじ》くように捏《こ》ねる。そうすると身体にまた甘い痺《しび》れが走り、短い嬌声《きょうせい》を上げてしまった。

要はその声に、満足そうな笑みを浮かべた。

彼の淫靡《いんび》な表情に、身体がどんどん淫らな熱を帯びていく。

火照《ほて》る肌にはもうじんわりと汗が滲《にじ》んでいる。

さっき浴室で肌を弄《いじ》られた時から、既に私の身体は奥から蕩《とろ》けていた。

だから今こうしてわずかに触れられるだけでも、反応してしまう……これまでにないほど敏感に。

私はもう余裕なんてないのに、要はまだ余裕たっぷり。それが悔しくて意地を張るように、ベッドの上でも必死で声を殺していたのに。

「もっと声、聞かせろ」

指で胸を弄ったまま、要の唇が尖《とが》ったもう一つの胸の頂を咥《くわ》えて、舌先で転がす。

「ゃ、あ、んっ！」

歯を立てて甘噛みされ、じっくりと舐《ねぶ》られる。そうすれば、声を堪《こら》えることなんて出来なくなる。

「それ、ぃやっ」

左手は自由に動かないし、右手は要に押さえつけられて、一方的に責められる。自分だけ快楽に呑まれていくなんて嫌なのに、要は私に何もさせないまま、ただ私だけを蕩けさせていく。

私がどうされると弱いのか知り尽くした行為に、ジンジンと腰の奥が疼《うず》いた。私の腰はもっと刺激が欲しいとばかりに揺れて、要の身体にすり寄ってしまう。

その瞬間、そこに腹筋とは違う硬いものが触れた。

お風呂で私が一度静めたはずのそれは、既に張り詰め大きく存在を主張していて、私が触れるとびくりと跳ねた。

それを感じると同時に、身体の奥からトロリと何かが溢《あふ》れ出てくるのが分かった。

不意に、要と視線が絡む。

「嫌？　好きだろ、これ」

要は熱のこもった視線を逸《そ》らさないまま、また舌腹で胸の頂《いただき》を撫《な》で上げ、形が歪《ゆが》むほどに私の胸を掴んで捏《こ》ねる。

「教えてくれ」

意地悪なことを言う彼から、目が逸らせない。

見つめられるだけでゾクゾクとした痺《しび》れが背筋を這《は》い、理性を崩していく。

「……っ、ぁ、すきっ……」

私から引き出した言葉に満足げに微笑んだ要は、口に含んだ胸の尖《とが》りを吸い、また甘噛みしては舐《ねぶ》る。

その度に身体にビリッと電流が走り、目の前が白くなる。

「あぁっ！」

軽く達した私は思わず声を上げて仰《の》け反《ぞ》り、その刺激に導かれるままに身をくねらせる。

私のお腹に、要の熱く張り詰めたものが擦れるように当たる。

その熱に誘われ、また無意識に彼の屹立《きつりつ》したものに身体がすり寄る。

要も一緒に気持ち良くなってほしいと、心が望む。

「っく……」

要の口から耐えるようなくぐもった声が漏れ、彼の腰も刺激を求めるように揺れ始める。

「はっ……煽《あお》るな」

「煽って……ない」

「腰が、ねだってるみたいだぞ」

「だって……要も……んっ」

急に要の顔が近づいて、唇を塞《ふさ》がれる。彼の舌は私の舌を絡め取り、やがて軽く唇を啄《ついば》んで離れた。

「仕方ないだろ。お前に欲情してるんだ」

要は私の手を口元に運び、指先に口付けた。

淫猥《いんわい》さを含んだ囁《ささや》きと、欲情に満ちた強い視線、そして淫靡《いんび》な微笑みに、身体の奥がキュンと疼《うず》く。

「……もう、ここだけじゃ物足りないか？」

そういう意味じゃないのに、胸から手を離して私の腰を囚えた要は、舌と唇でゆっくりと私の肌をなぞっていく。

要の指先が脇腹を撫《な》で、唇がお臍《へそ》に辿《たど》り着くと、舌先でそこをゆっくりと弄《いじ》る。

「はっ、うんっ……」

薄い皮膚をなぞられ、その刺激がお腹の奥の方まで届いて身体が震える。

同時に、硬い指が繊細に腰をなぞり、脚へと下りていく。

太腿の外側を撫でていた手が内側に回り、つつっとなぞりながら、濡れた脚の間へと向かう。

触れた瞬間、ぬちゅっと艶《なま》めかしい水音が耳に届く。小さな肉芽を優しく擦るその刺激に、思わず吐息が零《こぼ》れ、身体がぶるりと震えた。

「溢《あふ》れてる。さっき散々、洗い流したのにな」

分かってはいるけど、そう言われると恥ずかしくなる。

「も、言わないで」

咎《とが》めるように小さく睨《にら》めば、要は指を動かしたまま、唇の端をわずかに吊り上げる。

「そういういやらしい顔で睨んでも、煽《あお》るだけだぞ？」

「んっ、あぉ……って……なぃ」

否定する言葉も、少しずつ激しくなっていく要の指の動きに邪魔されて、上手く声にならない。

「やっ、あっ、強く、しちゃ……やっ」

自分の吐息が、どんどん熱を帯びてくる。

蜜口の入り口を彼の肉厚な指が円を描《えが》くようになぞれば、また身体の中が疼《うず》いて、それを求めて腰が揺れてしまう。

それだけで私が愛撫《あいぶ》を求めているのは分かるはずなのに、要はなかなかその先に触れない。

もっと奥に触れてほしいのに。消化不良なこの快楽がもどかしい。

「どうしてほしい？」

どうしてほしいかなんて分かっているくせに、そんな質問をする。

こんな時だけ、要はいつも意地悪で口数が多くなる。

「はぁ……あ……なかにも……触れて……」

私は、じれったさと快楽に負けて、あっさりとねだってしまう。

その途端くちゅっと水音を立てて、私の中に要の指が入ってきた。

「あっ！」

それは入口近くに浅く埋められただけなのに、ひどく圧迫される感じがする。

「きついな」

「あ、かなめ……」

「待ってろ。よくしてやる」

要のゴツゴツとした指が、まるで確かめるようにゆっくりと私の中を押し開きながら入ってくるのが分かる。

強張《こわば》った壁を溶かしてほぐすように、狭い中をゆっくりと抽送《ちゅうそう》していく。

そうやって撫《な》で上げられていくうちに、感覚が研《と》ぎ澄まされて、身体の奥がジンと熱くなってくる。そうなるとまたじれったさを覚え、私はねだるように身体を動かしてしまう。

「ぅうんっ！」

要の指が内側の過敏な場所に触れて、思わず腰が跳ねる。

「ここに触ってほしかったのか？」

少しだけ強く刺激され、奥がきゅっとなる。

「身体は素直だな？」

要が、うっすらと笑ってそう囁《ささや》く。

「やっ……」

欲しかった刺激と恥ずかしさが入り混じり、私は要の首筋に顔をうずめて隠す。

すると耳元を、声なく笑った要の吐息が掠《かす》める。

「俺の指、すごい締め付けてるぞ。もっと欲しいのか？」

「あぁっ、やぁんっ！」

いやらしい音を立て、また一本、要の指を身体が呑み込む。

そしてグリグリと弱い所を擦られ、同時に秘芽を押し潰すように弄《いじ》られると、痺《しび》れるような甘い快楽が突き抜ける。

「それ、やっあぁっ、おかしく、なるっ、だめぇっ」

気持ち良くて、頭の中がショートしてしまいそう。

要に指で翻弄《ほんろう》されると、ぐちゅっぐちゅっと淫靡《いんび》な水音が部屋に響いて、私はずくずくと身体が疼《うず》くのにまかせて、ただ喘《あえ》ぐことしか出来なくなっていく。

「いっ、だめっ、も、いっちゃぅ」

「あぁ、イけ」

「あぁぁっ！」

爪で弾《はじ》くように濡れた秘芽を刺激された瞬間、全身を快楽が貫いて目の前が真っ白になり、背中が大きく反《そ》り返った。

達して力の抜けた私の額《ひたい》に、要は口付けを落とす。

「ぁ、はぁ……かなめ、ずるい……」

余裕たっぷりの表情で見下ろしてくる要に、私は思わずそう呟《つぶや》いていた。

「何がだ？」

「要が……全然、良くなって……ないのに……私だけ、なんて」

「そんなわけあるか。さっき風呂で、俺をイかせたのは誰だ？」

「ぁ、んっ……」

一度止まった手が、再び動き出す。

「そのおかげで、じっくり味わえる。こうして……」

「ひぁっ！　あっ！」

胸元に下りた唇が、きつく肌を食《は》む。

「お前を快楽に溺れさせて、他のことなんて考えられなくさせてやりたい」

熱が冷めきらない身体が、要によってまた絶頂に向かおうとする。

「あぁっ！　かなめっ、もう、いぃ、から……きて」

イってしまうなら、要と一緒が良い。

一人だけ快感に溺れてしまうより、要と共に分かち合いたい。

なのに……

「まだだ。しっかりほぐさないと、お前が辛くなる」

要は私に軽く口付けて、そう言う。

確かにこういう時、要は私の身体を丹念にほぐしてくれていた。

友達とその手の話をしていて、要が他の人と比べてすごく時間をかけてそうしてくれているということは知っている。

その優しさは嬉しいけれど、いくら一年ぶりとはいえ、これ以上焦《じ》らされたら私がどうにかなりそう。

「平気よ……」

「駄目だ。まだこんなもんじゃ、俺のモノなんか入らない」

「私、ヴァージンじゃ……ないのに……」

「分かってる。俺が、貰《つ》ったんだからよ」

当たり前のことを告げれば、要からも至極当然とばかりに返事が来る。

「友伽里。……俺のな、他の野郎より、その……少しばかりデカいんだ」

躊躇《ためら》いがちに告げられた告白に、まじまじと要を見てしまった。

「だから、お前の身体に負担をかける……」

大きいなんて言われても、分かりっこない。私は、要しか知らないのだから。

ただ時々間隔が空いた後だと、要を受け入れる時に少し痛くて苦しい時はあった。

ドロドロに蕩《とろ》けて濡れているのに、どうしてだろうって思っていたけれど……要はそれを言っているの？

「……久しぶりだから、今日はいつも以上にほぐさねえと、お前が苦しくなる」

「ひぁっ！」

奥まで入り込んだ指が突然、ぐっと内側で曲がった。

その瞬間、また私の別の弱い所がぐりっと刺激され、びくりと腰が浮く。

「でもっ……また、辛そう」

あまり自由に動かない左手を、そっと要のそそり立つものへと伸ばし、包み込むように触れる。

痛そうなほどに怒張したそれは、先から蜜を零《こぼ》して震えていた。

指で鈴口を擦りながら、溢《あふ》れ出るものを掌《てのひら》に絡め、熱く滾《たぎ》る彼自身に撫《な》でつける。そうしてらせん状に彼をしごいていくと、要が小さく息を詰める。

「このまま、して……いい？」

「……続けられたらな？」

優しい口調とは裏腹に、要は挑発的な笑みを浮かべ、指を折り曲げたまま私の軟肉を押し広げるように激しく抽送《ちゅうそう》を始めた。

すると、彼を慰《なぐさ》める私の手の動きが鈍《にぶ》ってしまう。

「んんっ！　意地悪」

「やっぱりそういう顔も、そそるな」

軽く睨《にら》んで抗議すれば、要は飄々《ひょうひょう》とそんなことを言って、噛みつくようにキスをしてきた。

要に慣らされた身体は、導かれるままに淫らに乱れていく。

翻弄《ほんろう》されながら、それでも彼の与えてくれる気持ち良さを伝えたくて、私も要の陰茎をしごいた。鈴口から少しずつ漏れてくる先走りをどんどん手に絡めれば、にちゃにちゃと音を立てて動きが滑らかになる。

だけど同時に、怪我をした左腕はまたジクジクと痛み始め、だんだんと力を失くしていく。

「気持ち……いい？」

「あぁ……いいぞ。お前は？」

「ん、ふっ……気持ち、いい……」

素直に口から出た言葉に要は満足げな表情をしながら、私の左手を自身から外した。

「……ならもう、止めとけ。手が辛いんだろ？　後は俺に気持ち良くされて啼《な》いてろ」

「あぁあっ！」

そこを弄《いじ》る指の数が増え、部屋に響く水音が粘りを帯びて激しくなる。

私は声を堪《こら》え切れなくなり、筋肉質で逞《たくま》しい要の肩を掴む指には自然と力が籠《こも》った。

快楽が波を打つように訪れて、身も心も翻弄される。

「随分良くなってきたな？」

「あ……」

動きを止めた指が、身体の外へ抜けていく。

圧迫するものがなくなったそこが、ひどく熱くてジンジンと痺《しび》れていた。

膝裏に回った要の手に脚を持ち上げられ、腰が浮いた。

そのまま脚を開かれ、普段人目に晒《さら》されることのないそこが、空気に触れてひんやりとする。

恥ずかしさはあるけれど、快楽に身体を支配されて、彼の成すがまま。

要は身体を屈《かが》め、暴いたそこに顔を近づける。

ぬるりとした感触が陰核を舐《ねぶ》り、カリッと軽く歯を立てられた。

ズクンとした甘い衝撃が、身体の中央から頭まで駆け抜ける。

「あ、あぁんっ！」

強すぎる快楽にまた軽く達し、足の先まで震えながらも要の頭を掴んでいた。

「かなめ……も、もう、いい……で、しょ」

「まだだ」

乱れる息を整えながら訴えれば、無慈悲な答えが返ってくる。

「お前も、まだ余裕じゃないか」

要の吐息が濡れたそこにかかるだけで、びくびくと震えてしまう。

「そんなこと……ない……」

余裕なんて、全然ないのに。

「……もっと乱れろ」

要はチュッと音を立てて秘芽に口付けた後、どろどろに濡れているそこをぬるりと舌でなぞる。

甘い刺激に、身体が揺れる。

「あっ、はぁ……も、いじ、わるぅ……」

愛撫《あいぶ》を再開した要の指と舌の動きに、乱れ昂《たかぶ》っていく。

翻弄《ほんろう》されるままに淫らな声を上げるのも、もう気にならない。

感じすぎて苦しくて、行き場のない快楽に目が潤《うる》んでくる。

「ひぅ……やっ……か、なめ、も、あぁ……もう、むりっ……むり、なのっ……やあっ！」

もっと奥深くまで刺激が欲しくて、イかせてほしくて、要が欲しくて。

「おねが……いっ……」

助けを求めて、縋《すが》るように要の髪をかき乱す。

「っ……欲しいか？」

何度も頷《うなず》けば、そこでようやく要が手を止めて離れ、私は辛い快楽から解放される。

大きく息を吐いているうちに、目尻を伝って涙が零《こぼ》れ落ちていく。

その視界の中で、要がベッドのヘッドボードにある引き出しを開けて、何かの箱を取り出すのが見えた。

そして箱の中から小さな袋を取り出し、フィルムを破いて中の薄い皮膜を馴れた手つきで大きく反《そ》り返ったそれに被せると、私を上から覗《のぞ》き込む。

「いいか？」

要は欲情に満ちた表情と余裕のない声でそう告《つ》げて、蜜口の入り口を擦る。

それだけで、また奥からどろりと蜜が溢《あふ》れてくる。

私は小さく頷《うなず》き、顔を近づけてきた要の首の後ろに腕を絡めた。

くちっと音を立てて、熱を孕《はら》んだ要がゆっくりと私を押し開いて入ってくる。

「うっ……くっ」

痛みはなかったけれど、少し入っただけでひどく圧迫感があって苦しい。思わず声が漏れ、きつく目を閉じた。

「……っ、まだきついか？」

「へいきっ……だから」

浅く引いてはまた奥へと潜《もぐ》り込もうとするそのゆっくりとした動きに身体が強張《こわば》る。

「力抜け、締めすぎだ」

そう告げる要の声も、少し苦しそうだった。

力が入っているのは自分でも分かっているけど、久しぶりなのと苦しいのとで思うようにならず、首を横に振る。

「唇噛むな。傷になるぞ」

無意識に下唇を噛みしめていたけど、それもどうにも出来なくて。

初めての時のような反応しか出来ない私に、要が顔を寄せ、私の下唇に舌を這《は》わせる。

「……無理するな」

「……ぃや」

苦しいけど、止めないでほしい。

「やめ、ないで……かなめぇ」

か細い声で、そう答えるのが精いっぱいだった。

「っ、くそっ……何て声、出すんだ」

要が急《せ》いたように小さく呟《つぶや》く。

「わりぃ、友伽里。少し辛いかもしれないが、しっかり捕まってろ」

「んっ!?」

突然、要の手が私の背に回ったかと思うと、そのまま要は私の身体ごと起き上がった。

「あっ、あぁぁっ！」

一瞬、目の前にチカチカと光が飛んで、私は悲鳴に近い声を上げていた。

苦しいような、痛いような、熱いようなその衝撃と共に、ぐちゅんと私の奥深くまで硬い杭が沈み込む。

子宮を押し上げる感覚に思わず要にきつく縋《すが》りつき、その広い背に爪を立てた。

「っ、やっぱ狭い……友伽里、大丈夫か？」

間近でわずかに息を乱した要が、苦しげに呟《つぶや》く。

繋《つな》がった部分がじんじんする。私はその感覚を、大きな呼吸でやり過ごしながら何度も頷《うなず》いた。

胡坐《あぐら》をかく要の脚の上で向かい合うように座った格好で、私は彼の身体に腕を絡めたまましっかりと抱きしめられていた。

少しだけ乱れている要の吐息と、大きく隆起する筋肉質で逞《たくま》しい胸と肩。

直に触れる彼の肌が、熱を孕《はら》んでじっとりと汗ばんでいる。

じっと動かずに私を見る要を見上げれば、その額《ひたい》にも汗が滲《にじ》んでいて、私が乱した前髪が所々貼り付いている。

「泣きそうな顔してるぞ」

「ごめん……ちょっとだけ、苦しいの」

「悪い……無理させた」

要が私の目尻に唇を寄せて、滲んできた涙を舌で舐め取った。

「ううん……苦しいけど、嬉しい」

「あんまり可愛いこと言うと、加減できなくなるぞ」

そう言ってちゅっと目尻に口付けを落とし、額に、鼻の先に、頬に、そして唇にも同じように口付けを降らせる。

私の強張《こわば》りを溶かすようにキスは深くなり、要の片手が肩甲骨《けんこうこつ》から腰へとなぞり落ちて、やがて腰からお腹、胸へと上がってくる。

「あっ」

優しく胸の膨らみを包まれ、尖《とが》った粒を指で嬲《なぶ》られた。

声が漏れ、身体の奥がきゅっと締まる度、びくりと私の中で要が震える。

「はっ……お前の中、すげえ気持ちいい。とけちまいそうだ」

耳朶《みみたぶ》を食《は》んでそう囁《ささや》いた要の低い声に、私の方がとけてしまいそうだった。

身体を繋げる時の要は、少しだけ饒舌《じょうぜつ》で、その言葉も意地悪だけど甘い。

そんな要に、触れられるのが好き。

要に囁かれるのが、好き。

少し意地悪だけど、どろどろに蕩《とろ》けるように時間をかけて抱いてくれる要が好き。

この時間は言葉の少ない要の、唯一かつ最大の愛情表現の時だから、好き。

だから。

不安だらけでも、求められたら拒《こば》めなかった。

抱かれたその時は、不安もすべて忘れられたから。

「要……好き」

「俺も、好きだ」

力の抜けた私の身体を下から押し上げるように、要がわずかに動く。

ぐりっと奥を刺激されると全身に甘い疼《うず》きが走り、私は小さく跳ねる。

「あぁんっ！」

「……もう、良さそうだな？　動くぞ」

「ひぁっ！」

言うが早いか、お尻近くの両太腿を掴まれた。そしてそのまま揺さぶられ、突き上げられる。

「やっ！　あっ、あぁっ！」

身体が上下に跳ねる度、ベッドがギシギシと軋《きし》み、下からじゅぷじゅぷと淫猥《いんわい》な水音が絶え間なく響く。苦しかったはずの感覚は疼くような熱に変わっていく。

揺さぶられるだけだった私の身体は、知らず知らず、自分から快楽を求めて要の律動に合わせて乱れていった。

「あんっ、かな、めっ……」

「ゆかり」

快楽に染まった声で、要が熱に浮かされたように私の名を呼ぶ。

要も感じてくれていると思うと、嬉しくて、殊更《ことさら》感じて、繋《つな》がったそこがきゅっとなる。

同時に堪《こら》えるような要の短い声が、乱れた吐息と共に聞こえてくる。

突然、要が動きを止める。

そして次の瞬間、視界がぐるりと回った。

「うんんっ！」

一瞬、何が起きたのか分からなかった。

要に支えられ、繋がったままベッドに押し倒されたと理解した時には、余裕のない瞳で私を覗《のぞ》き込んだ要が、淫靡《いんび》に笑っていた。

「悪いな。腰振るお前もいやらしくて好きだが、これ以上されるとこっちが持たない」

絶対に悪いなんて思っていないであろう、あけすけな言葉にぞくっとする。

まだこの行為を終わらせない……そんな欲望を秘めた表情をする要に、心を囚われる。

要の手が、私の乱れた髪をそっと梳《す》いていく。

「もう少しだけ、お前を味わいたい……いいか？」

動きを止め、少し間をおいて呼吸を整えた要が、そう尋ねてくる。

中途半端に止められて、身体に快楽の燻《くすぶ》っている私は、頷《うなず》くことしか出来なかった。

まだもうちょっとだけ繋《つな》がっていたいと思うのは、私も同じ。

その直後、足を持ち上げられ、ゆっくりと腰を引いた要が、私の感じる所を抉《えぐ》るように深々と貫いた。

「あぁぁぁっ！」

その衝撃に、私の身体は電流が走ったみたいに甘く痺《しび》れ、仰《の》け反《ぞ》った。

そのまま要は私の弱い所を的確に攻め上げながら、律動を徐々に加速させていく。

私は要に縋《すが》りつき、全身でその力強い動きと、それによってもたらされる甘く激しい快楽の波を受け止め、ひたすらに啼《な》いて喘《あえ》ぐ。

「あっ、は、ぁんっ！　かなめっ、も、いっちゃ……う」

「あぁ、俺もイきそうだ」

軋《きし》むベッドの音も、私たちが交わる音も、荒く息を詰める要の息遣いも、全部、部屋の中でどろどろに溶け合う。その淫らな音を聞きながら、私は上り詰めていく。

そしてぐっと奥を突き上げられた瞬間、目の前が真っ白になって身体中が快楽に呑み込まれた。

私がオーガズムに満たされる中、要も小さくうめいて皮膜の中に欲を吐き出す。

そうしてそのまま私の上に重なり、荒い息のまま快楽に身を委《ゆだ》ねた。

フワフワとした心地好さの中、私はそんな彼の身体を、そっと抱きしめた。

§　§　§

まどろむような疲労感の中、しばらく二人で裸のまま、ベッドで手足を絡めて寄り添うようにして過ごした。

「……すまん。欲に負けた」

面目《めんもく》なさそうに呟《つぶや》いた要は、何だかしおらしい。らしくない態度に、私はくすりと笑ってしまう。

「……何笑ってんだ」

要は私の身体を片腕で抱き寄せたまま仰向けになり、私の後ろ頭をそっと撫《な》でながら、難しい顔をする。

「……お前の家族にも筋通してからじゃないと、お前だって不安になるんじゃないのか?」

抱かれることを望んだのは私で、抱きたいと思ってくれたのは要なのに、何の問題があるのかと思えば……。

相変わらず変なところで生真面目《きまじめ》というか、約束には変にこだわるというか……そこが長所でもあり、欠点でもある。

だけど、私はそういうところも含めて要を好きになって、これまで付き合ってきたのだから。

「そうね。これまでなら、たぶん不安だらけのままで、抱いてほしいなんて思えなかったと思う」

身体を起こして要を覗《のぞ》き込めば、彼はまじまじと私を見る。

「でも、欲しかった言葉もちゃんと聞かせてくれたから、もう不安じゃない」

大きく見開かれた瞳は、慣れない人が見れば怒っているようにも見えるだろうけど、今のそれは違うと私には分かる。要は今、ものすごく驚いている。

「そうなのか？」

「そうよ。だから、貴方《あなた》からの言葉が欲しかったの。貴方の真意がちゃんと分からないと、怖いから」

「……すまん」

表情まで不器用な要に、私は軽くキスを落とす。

「心と身体で要に愛されているって、実感できたから後悔なんてしてないわ……これからも、そう感じて生きたい。要は？」

要の性格からして、この先隠し事はしなくなるだろうけど、少しすればまた、無駄に照れて満足に好きとも言えなくなるだろう。

それはやっぱり淋しいから、時々は言葉も欲しいし、我慢できなくなるくらい私を求めてもらいたい。

「俺もだ。けど、今のままじゃな……」

要はまだ筋とやらを通すことにこだわっている。

「……私、いつまでも貴方を待たないわよ？」

突如、要は上半身を起こして私の身体に腕を回す。

「お、お前っ……あの社長の所に行くつもりか？」

慌てたように見当違いの答えを導き出した要に、呆れてしまう。

そういう意味じゃないのに。どうしてそんなこと言うのよ。

「友伽里……」

答えない私に窮《きゅう》したように、要がじっと私を見下ろしてくる。

何も言えない私に要の表情が、どこか弱気に見えてしまう。

私はそっと、彼の胸に頬を寄せて身を委《ゆだ》ねた。

素肌を通して、硬い胸板の奥から早鐘のような心臓の鼓動が聞こえてくる。

「……信用とか、償《つぐな》いとか……私にとってそれは、不安にさせないように要がちゃんと私を掴まえて、幸せにしてくれることよ？　……私の幸せは、貴方が傍《そば》にいて、愛してくれることなんだから」

いつまでも待たない。

それは、どこか別の人の所に行くということじゃなく、自分から貴方《あなた》に向かっていくという意味なんだから。

現実の世界には、小説やおとぎ話のように手を差し伸べてくれる優秀な脇役なんてそうはいない。

要が躊躇《ためら》って動けないなら、私から歩み寄って伝えればいい、求めればいい。ちょっと強気に。

シンデレラは灰かぶり。お姫様でもない継子《ままこ》の彼女は、埃《ほこり》にまみれて辛い思いをしながらも、自分で舞踏会に行って幸せを勝ち取った。

ごく普通の私も、努力をしなければ何も手に入れられない。

欲しいものは、自分で掴みに行く。

ただ黙って、待ったりはしない。そう決めたの。

「……お前にはかなわないよ」

その言葉に要の顔を見上げるけど、そこにある感情はよく分からない。

だけど彼はそっと、私の左手を取って腕に負荷をかけないよう持ち上げ、その薬指の付け根に、そっと口付けた。

「他の男にお前をさらわれないように、早いところ、ここと、戸籍に印付けないとな……友伽里、さっさと準備して出掛けるぞ」

「え？　まだ、家に帰るには早いわよ？」

「俺の親父に、先に結婚の話を通すんだよ」

「え、結婚の話⁉　い、今⁉　ま、待って。だって、服が……」

「お前、いつも小洒落《こじゃれ》た格好してるだろ。問題ない」

普段着よ？　結婚の許可を貰うのだから、それなりの格好じゃないとまずいじゃない。

「だけど……」

「さっさとシャワー浴びるぞ」

要は言葉通りさっさとベッドから下り、私の身体を横抱きして持ち上げた。

「ちょ、ちょっと要」

「お前、怖気《おじけ》づいたのか？」

軽々と私を抱いたまま歩く要が、私を見下ろしながらにやりと笑う。

悔しい。何だかちょっと、遊ばれている気がする。

「違うわよ」

「ならいいだろ。お互いの親に許可貰ったら、籍だけ先に入れる。お前の気が変わって、逃げられたらかなわない」

「そんなこと、あるわけないじゃない」

「昨日、前科作ったばっかだろうが」

ぐうの音も出ない突っ込みをされて、そのままバスルームに連れて行かれた。

かなわない。

その気になった要の行動力は、私なんかの比じゃなかった。

そうして、また怒濤《どとう》のような夜が過ぎて、長く色々な出来事が続いた二日間の最後は、慌ただしいままに幕を閉じた。

それは生涯、忘れることのない思い出。

今、私の指には、遅れた婚約指輪と、約束通りの結婚指輪が毎日誇らしげに輝いている。

番外編

エンゲージラプソディー

クリスマスも明けて二十六日の夜。

インターネットのサイトを見ながら、要が腕を組んで考え込んでいた。

「要？　何を悩んでいるの？」

コーヒーの入ったマグカップを差し出すと、要が「ありがとう」と受け取る。

彼の横に腰を下ろせば、目の前のパソコンには有名な大手ジュエリー店のサイトが映し出されていた。

昨夜、互いの両親へ結婚の意志は伝えたけれど、実はまだ入籍していない。

要のお父様から、ストップがかかったの。

別に、結婚を反対されたというわけではなくて。

「要、友伽里さんのご両親から大事な娘さんを頂戴《ちょうだい》するのに、攫《さら》うように突然入籍するのはいただけないね。彼女が妊娠しているなら話は別だけれど、そうでないのなら、段階を踏んで、きちんと婚約指輪を贈って、両家が顔合わせをしてからにしなさい。これから長いお付き合いをすることになるあちらのご両親を、困らせたり悲しませる真似をしてはいけないよ。友伽里さんを要とご両親の板挟みにさせることになるからね」

お父様自身が、昔それでお母様の家族と長く疎遠になってしまったそうだ。再び交流を持つようになっても、しばらくギクシャクした関係が続いていたらしい。他界されたお母様は両者の間で大変だったのだと教えられた。

そのことを知っていた要も、改めてお父様にそう言われたことで、当日入籍することを踏みとどまった。

自分たちの都合と勢いで動くのは良くないという、お父様の言葉はもっともだった。

私も、これまで両親や弟たちに色々迷惑や心配をかけてきたから、せめて結婚する時ぐらい安心してもらいたい。要と両親にも揉めてほしくない。

それで要と改めて相談をして、婚約指輪を買って、それからお互いの両親の顔合わせの場を設けて挨拶《あいさつ》をしてから入籍、という流れに決めたの。

結婚式も、お互いの招待客のこともあるので、慌てずしっかり準備をしてから臨む。そのことを私の両親にも伝え、了承してもらった。

結婚の申し出をする要に対し、両親は「ふつつかな娘ですが……」というお約束な言葉と共に頭を下げ、弟たちは複雑な表情でそれを見ていた。そして、

「うちの姉で本当に良いんですか、要さん」

「姉貴、要で本当に良いのか!?」

と兄弟して真逆の問いをしてきたので、要と私は思わず顔を見合わせてしまった。

その後、要が私の手を強く握って、

「友伽里と二度と別れません。幸せにします」

と返し、私も彼と同じ言葉で家族に宣誓した。

そして「長い間心配と迷惑をかけてごめんなさい」と弟たちに謝れば、彼らは二人して首をすくめた。

「別に迷惑じゃねえし。姉貴が幸せなら、俺はそれで良いよ。おめでとう。要、姉貴泣かせんなよ」

理哉がニヤッと笑いながらそう言ってくれた後、逆に友樹は申し訳なさそうな表情になって、ボソッと話し始める。

「姉ちゃん……あの時、ひどいこと言ってごめん」

「ううん。あれは、友樹の言う通りだったよ。私がいけなかったの」

「姉ちゃんには、俺たちの世話でいっぱい迷惑かけた分、要さんとたくさん幸せになってほしいって思ってるから……こうなって良かった。おめでとう」

そんな友樹の言葉に、うるっと涙がこみ上げてくる。

小さかった弟たちが、こんな風に言える大人になっていたことも感慨深いけど、何よりこんな風に祝福の言葉をくれたことが嬉しかった。

本当は少しだけ私に愛想を尽かしてて、友樹なんか祝福してくれないんじゃないかって、怖かったから。

「あ、ありがとう」

「ちょ、姉ちゃん!? 泣くなよっ!?」

「おい、兄貴、姉貴泣かせんなよなっ」

「俺のせいかよっ」

いくつになっても、小さな頃と変わらない言い合いをする二人に、くすりと笑わされて。

「友樹、理哉、二人ともありがとう」

要から手渡されたハンカチでぽたぽたと流れてくる涙を拭《ぬぐ》いながら、鼻をすって感謝の気持ちを伝えれば、二人とも笑って、また「おめでとう」と言ってくれた。

そんなことがあって、お互いの家族への挨拶《あいさつ》が終わった翌日、私たちは早速、要の家で婚約指輪の相談をしていたのだけど……

「友伽里、やっぱり婚約指輪の予算、もうちょっと上げないか？」

当初、要は私が提示した予算よりもはるかに高いダイヤモンドをあしらった指輪を考えていて、それをウェブサイトで見せられた時、私はとても驚いた。デザインはとても私好みだったのだけど、そこに付いていたのは「どこのお嬢様の婚約指輪？」って言いたくなるほど立派なサイズのダイヤ。当然値段も大変なもので、慌てて予算を下げてくれるようにお願いしたの。

婚約指輪と言っても結納《ゆいのう》するわけでもないし、入籍も早くに済ませる予定だから、そんなに立派な物でなくても良いと私は思っていた。

でも要の方は、私への想いと自分の決意の証《あかし》だから、しっかりした物じゃなきゃだめだし、ダイヤも外さない、って譲らなくて。

だから話し合って、一般的な平均金額で、かつ要の希望であるダイヤモンドがあしらわれていて、そして私の希望である婚約指輪と結婚指輪が一緒になったセットリングにしよう、って決めたはずなんだけど。

「せめて、お前にやれなかった指輪と同じくらいのやつだな」

恐らく要の言う指輪とは、私の手には届かなかったあの婚約指輪のことだろう。

確かにあんなのがもらえたらとは思っていたけれど、改めて現実的に考えるとあの指輪は立派すぎる。

下手をしたら、あの指輪一つで二人分の結婚指輪が買えてしまう。

「お前、ああいうのが欲しかったんだろ？」

「……確かに素敵だなぁと思ったけど、そういえば要、私の欲しがっていた指輪、よく分かったわね」

途端に要は、何か喉につっかえたように唸《うな》って固まる。

何か言いづらいことなの？

「それは……だな」

「それは？」

「お前が友達の結婚式の二次会の幹事をするとか言ってた時に、お前が見ていた雑誌のページに載ってたやつを、覚えてたんだ」

「えっ⁉　あの時？　だって私、すぐ閉じて隠したのに」

要が気付くほど物欲しそうに見ていたのかと思うと、とても恥ずかしくなる。

「お前が欲しい物を見る時の、小さな癖くらい分かる」

「なに、その癖？　教えて！　恥ずかしいから」

「教えたら、お前の欲しい物が分からなくなるだろうが」

「……もしかして、そうやって誕生日プレゼントも選んでくれていたの？」

そう言うと彼の眉間に皺《しわ》が寄り、頬も少しだけ赤くなる。

この十五年、彼のもとで眠り続けていた私宛のプレゼントは、全部、私がその時々に欲しいなと思っていた物ばかりだった。

きっと要は、私の些細《ささい》な言動を見ながら、いつも考えていてくれたんだ。

嬉しくて、私は照れている要の横顔にそっと口付ける。

「ありがとう。嬉しい」

「お、おう……」

横を向いたまま照れくさそうにしながら、要はまたコーヒーをすする。

「ねえ要」

「なんだ？」

「私、婚約指輪もずっとつけていたいの」

私はセットリングにしたいとは言っていたけれど、その理由は少し恥ずかしくてまだ伝えていなかった。

——婚約指輪は箪笥《たんす》の中に眠ってしまうのがほとんどだってよく聞くけれど、彼がくれた指輪がそうなってしまうのは、自分としては嫌だったから。

「貴方《あなた》の気持ちがこもった大事な物だから、余計にそう思うの」

ダイヤモンドの宝石言葉は『永遠の絆《きずな》』。金剛石《こんごうせき》と呼ばれるほどの、硬い宝石。

それを彼の想いと決意の証《あかし》に、見える形にして差し出してくれると言うのなら、私はそれを肌身離さず身につけることで、彼を愛し信じることの証にしようと決めたの。

心が揺れて不安になっても、ずっと要と私を繋《つな》ぎ続けた右手の指輪が、最初の約束と決意を思い出させてくれたように。

「それなら尚更、良い物を選ばないとな」

「そうね」

「金のことなら、別に心配するな」

「違うの。お金の問題じゃなくて」

どちらかと言うと、私に大盤振る舞いをしようとするその意気込みの方が心配なのだけど。

「大切に長く身につける物だから、年を取ってしわしわなおばあさんになった私の指にも似合う、シンプルだけど飽きが来ない……そういう意味で良い物を、貴方と一緒に見つけたいの」

「……年を取っても似合うか」

そう言って要はマグカップを机に置いてから、おもむろに空いた手で私の左手を取って、じっと眺める。

硬く大きな親指が優しく私の薬指を撫《な》でる。そのくすぐったさに要を見上げると、彼は納得したように頬を緩めた。

「確かに派手な物は飽きるし、ゴテゴテしていると仕事でも邪魔になりそうだ。かといって、シンプルすぎても華がない……こいつは、探し甲斐《がい》がありそうだな」

そう言ってくれた要と、ジュエリーショップのウェブサイトを巡りながら、改めて細かくお互いの好みをすり合わせていくつか目星をつけていく。

でも、私の方はすんなりと候補が決まったけれど、対《つい》になる要の指輪の方が上手くいかない。

「俺の指はごっついから、あまり洒落《しゃれ》っ気のあるやつとか、細いやつは合わないな」

要が自分の手を持ち上げて、画面に映し出された指輪の近くに並べる。

格闘技をしているから、彼の掌《てのひら》は大きくて分厚い。指も普通の男性より太くてどっしりとしている。だから要の言うような指輪は、確かに似合わない。

暴力団を相手にしていた頃は、ゴテゴテの金の指輪とかネックレスをわざとヤクザ風になるようにつけていたけど、要は元々そういった物は好きじゃない。

装飾品で唯一、ずっと身につけていたのは、私とお揃いの右手薬指の指輪だけ。

「俺がゴールド系だと、またマル暴に見えるから避けたいが……」

お揃いのデザインだと、どうしてもどちらかが似合わない。かといって、全く共通性のないデザインは、お互いに嫌だって思うところがあってなかなか決まらない。

要の手を見ながら、彼に似合う指輪を考えてみる。

オーソドックスなデザインの、艶消《つやけ》しされたタイプの方が、しっくりくる気はする。

「ねえ要、思いきってセミオーダーメイドが出来る所で探すのはどう？」

「セミオーダー？」

「デザインはそのままで、素材を自由に組み合わせることも出来るから、要好みの物になるかも」

「それなら、何とかなるかもな。お前が印つけた店で、それが出来る所を回るか」

「んー、ここと……」

目星をつけていた所からさらに三軒、セミオーダー商品を扱うお店を絞り込んでリストアップする。

「このくらいかな？」

ショップが年末年始のお休みに入る前に、とりあえず見に行きたいな。

そうすれば、年始の営業までに要と相談してゆっくり考えることが出来るから。

でも、これから回るにしても、要は署長として赴任《ふにん》するための引き継ぎできっと忙しいだろうし、仕事の後に私に付き合うのも大変よね。

幸い休暇を貰った私は、日中も時間に余裕がある。

元部長の事件のことで警察から聴取に呼ばれたりしなければ、三軒全部回れるかも。

「要は仕事があるから、下見がてら私だけで昼に回って、先に話を色々聞いてくるわね」

「いや、俺も行く。仕事の後だから、行くのは夕方になるが」

「……いいの？　疲れない？」

「一緒に見つけるんだろ。俺も行かなくてどうする」

当然だろうとばかりに言われ、胸がキュッとなる。

要のこういう実直なところ、好きだなって改めて実感してしまう。

つり目がちで切れ長の瞳は、温かな優しさを含んでいて、決して嫌々じゃないって分かるから、自然に頬が綻《ほころ》ぶ。

「……友伽里？」

返事も忘れて彼に見とれていた私は、呼ばれて我に返る。

「うん。一緒に行きましょう、要。……大好きよ」

要にそっと身を寄せれば、彼の片腕が私の腰に回って、しっかりと抱きしめてくれる。

そんな他愛もないことだけど、すごく幸せだと思った。

二十八日の夕方、私は稲田会長が年明けに主催する個人パーティーに、私的な招待を受けた。

稲田会長の会社絡みの新年パーティーには、前社長の頃から何度か出席したことがある。その時は、稲田会長のご機嫌取り役として。

門倉社長に付いてからは、会社存続において有益となり得る人物とのパイプを繋《つな》げるための、顔と名前、経歴や趣味を把握した歩く名刺フォルダー役兼、橋渡し役として。

もっとも、そんな人々との橋渡しが出来るのは、私に稲田会長のお気に入りという評判があったからだ。前社長時代も、こういったパーティーでは何故だか稲田会長の同伴者のように会場を回っていた。

私自身の力では決してないのだけれど、会社のために、コネクションを有効活用させていただきましたとも。

だが、何にせよそれらはすべて仕事絡みであり、こうして私的なパーティに呼ばれるのは初めてだった。

だから招待の連絡を受けた際、思わず電話をくれた相手に聞き直してしまった。

「……あの社長、今、何と？」

『お前が結婚するようだと昼の会食で話したら、稲田からお前と婚約者宛のパーティーの招待状が、今、こちらに届いた』

確かに、その日の午前中、電話で佐野部長に怪我の報告をした際、社長にも正直に要と結婚の方向になりましたと伝えた。社長らしく、佐野部長から電話を取り上げ、ストレートに尋ねてきたからだ。

あの時社長は、淡々と「そうか」とだけ言っていたのに……

何故そんなに愉快な雰囲気で、私が想像もしていなかったことを言うのだろう。

しかも稲田会長、相変わらず行動が早い。さすが、『時は金なり』を座右《ざゆう》の銘《めい》にする行動派。

『九条、本当にあの狸《たぬき》に可愛がられているな。お前の婿《むこ》を品定めしてやると、張り切っていたぞ』

「まさか」

『そのまさかをするのが、あの老人だ』

過去に、「結婚することになったら、ちゃんとおじいちゃんに教えなさい」と言われたことはあるけれど……まさか本気だったなんて。

『一月三日だ。招待状はそちらに転送する。当日の予定は必ず空けておけ』

「彼の予定も確認しませんと」

『要人でさえ、滅多に招かれることのないパーティーだ』

「存じています」

『首輪つけてでも連れてこい。お前の男の身を守りたいならな』

「戻ったら、話をしてみます」

『では、パーティーで会おう』

そう言って切れた電話。

仕事から戻った要に事の次第を伝えれば、彼の左の眉頭に大きく皺《しわ》が寄る。

あ。この皺の寄り方は不機嫌なマークだ。

断った方が良かったかな……

「稲田の個人パーティーか」

「そうなの。稲田会長には仕事で何かと目をかけていただいているから、出来れば不義理せず、要と一緒に出席したいのだけど……難しい？」

「その日は休みだ。問題ない」

「……本当にいいの？」

「どうしてだ？」

「だって要、今、ちょっと不機嫌でしょう？」

「あぁ、それはパーティーに出る云々《うんぬん》じゃない」

「え？」

それなら、要は何で機嫌を損ねたの？

もしかして、社長からの電話だったから？

「あの野郎も来るんだろう」

「あの野郎？」

「お前んとこの社長だよ」

やっぱり社長絡みだった。

「もちろん。社長も招待されているみたいだから」

要は、深いため息をつく。

「くそっ、やっぱり無理を言ってでも、年末に間に合わせるべきだったな」

「要？」

一人ごちる要は、整えた髪を崩すように頭を掻く。

「仕方ない。嫌味の一つや二つは、受け流すか」

「何の話をしているの？」

「あ、いや。何でもない」

結局、要はそう言ってはぐらかしたけれど、その言葉の意味を、私は新年に行われた稲田会長のパーティーで知ることになる。

当日、私と要は、招待状にあった外資系の某有名ホテルへと赴《おもむ》く。

ワンフロアを丸ごと貸し切って行われるそのパーティーには、テレビで見る有名芸能人や、財界、政界の大物までいて、ものすごく自分が場違いな所に来てしまった気がした。

「さすが、財界のドン。顔ぶれも錚々《そうそう》たるものだな」

場の空気に呑まれそうな私の横で、要が唇の端を吊り上げる。

あれ、要が楽しそう？

「黒い噂の面々が勢ぞろいか。道理で先輩が来たがるわけだ」

「先輩って？」

「職場のトップの息子」

警察庁長官の息子で、要の大学時代からの先輩？

「要の先輩、仕事関係でここに来たかったってこと？」

「問題起こして、お前まで睨《にら》まれたら困るから、丁重に断ったけどな」

要はそう言ってボーイさんのお盆から水とワインを取り、私にワインを渡す。要は車を運転してきているから、今日は禁酒。

「主催者は今政界のお偉いさんたちといるから、もう少し後で挨拶《あいさつ》に行く。それまでに飲んで気分でも落ちつけろ」

「空腹だと、酔いが回るわ」

「それを理由に、適当なところで抜けられるだろ」

彼の言葉に、自然と笑みが零《こぼ》れる。

「早く帰りたいのね」

「お前のその姿、あまり人に見せたくない」

「え？　これ、似合わなかった？　それなら来る前に教えてくれればいいのに」

来る前にこのシックなダークブルーのドレスを着て見せても、要はすぐ私にコートを着せてまともに見てくれなかったから、ちょっと不安だった。

「いや……似合いすぎて、何と言うか、脱がしたくなる」

ストレートなその言葉に、思わず赤面してしまう。

今までそんな台詞《せりふ》、口にしたことがなかったのに、一体、どうしちゃったの要っ。

「か、要、ね、熱でもあるの？」

動揺して、声が上ずってしまう。

「あるか。至って平熱だ。お前の方こそ、熱でもあるのか？」

そっと首に触れてきた要の手が、ゆっくりと首筋を滑り下りていく。

熱を確かめるというより愛撫《あいぶ》されているような触れ方に、顔の熱が身体中に広がる。

見下ろしてくる彼の瞳もどこか熱っぽくて、心臓がバクバクと音を立てる。

本当に、何か変な物でも食べたの？　今日の要。

「友伽里。緊張、ほぐれたか？」

気付けば顔を下げ、耳元でそう囁《ささや》いてきた要は、不敵な笑みを浮かべている。

「もう、からかったのね」

一気に脱力した私は、さっきまでの委縮《いしゅく》するような緊張感がなくなっていることに気付いた。

彼なりに慣れないことを言って、気持ちをほぐしてくれたのかもしれない。

「でも、ありがとう。要」

「あぁ」

短く答えた要は、空いた手で私の手を捕らえ、指を絡ませるようにして握る。

私も彼の手をそっと握り返した。

そうやって改めて見渡せば招待客の中には、何人か私の知る他社の社長さんがいた。

その方々と挨拶《あいさつ》を繰り返すうちに、切りの良いところで、ようやく稲田会長に挨拶が出来た。

今年米寿《べいじゅ》を迎えて、なお矍鑠《かくしゃく》とした稲田会長は、小柄で細身だけれど、威風堂々《いふうどうどう》とした存在感のある人だ。

「稲田会長、ご無沙汰《ぶさた》しております。本日は、お招きいただきましてありがとうございます」

「おぉ、九条君。来てくれたか。怪我をしたと聞いたが、具合はどうかな」

「はい。おかげさまで腫《は》れと痛みも引き、こうして元気でやっております」

「そうかそうか。災難だったが、元気で何よりだ」

ニコニコと顔に深い皺《しわ》を刻んで笑う会長の視線が、私の隣にいる要に移される。

「本日はお招きにあずかり光栄です、稲田会長。友伽里の婚約者の久保要と申します」

「君が九条君のな」

「友伽里が、仕事でお世話になっているようで」

「なに、可愛い孫のようなものだからな」

稲田会長は好々爺然《こうこうやぜん》と笑ったままだけれど、要を見る瞳は笑っていない。

要も笑顔で応じているけれど、彼の瞳もまた笑っておらず、何だか一触即発《いっしょくそくはつ》のような雰囲気を感じて心配になる。

不意に稲田会長の視線が緩んだ。

「わしに媚《こ》びたり、挑発したりするようなら潰してやろうと思ったが、動揺一つせずか。なるほど、良い面構えと胆力《たんりょく》だ」

「お褒めにあずかり光栄です」

「道理で九条君が、わしの孫との見合いを断るわけだな」

「い、稲田会長」

ホッとしたのも束の間、要のあずかり知らぬ話を投げてきた稲田会長に、私は思わず動揺してしまう。隣の要が、私の顔を覗《のぞ》き込んでくる。

険を帯びた彼の視線が、痛い。

「どういうことだ、友伽里。俺は知らないぞ？」

知るはずがない。その頃の要は従兄《いとこ》の仇《かたき》を取れるかどうかの瀬戸際で、私と別れていた間の話なのだから。

「だ、だって、九年前のあの時は……」

要はそれだけで私が何を言いたいか察したようで、「あぁ」と呟《つぶや》いた。

「俺が忙しくて会えない時期だったな」

あのお見合いは彼がいると言って断ったのに、その頃別れていたとはとても言えない。

要も、上手く言葉を選んでくれてホッとする。

「九条君」

「はい、稲田会長」

「結婚はいつ頃の予定かな?」

「入籍は一月の半ば過ぎにと、考えています。お式は一年後くらいまでにはと」

「仕事は続けるかね?」

「ええ。しばらくはそのつもりです」

「それは良かった。君がいないと、あの会社はまだ危ういだろうからな」

「まさか。門倉自身も才気溢《あふ》れる人物ですし、佐野をはじめ、私よりも有能な部下がたくさんついていますので、ご心配には及びません」

「君の有能な秘書がそう言っているが、どうかね、門倉」

私の後ろにそう投げかけた稲田会長の視線を追って振り返れば、門倉社長がこちらへ歩いてくるところだった。

場内の女性の視線が、自然と社長のもとに集まってくる。

「社長。ご無沙汰《ぶさた》しております」

私の隣に来た社長に、私は頭を下げる。

「ああ。九条、久しぶりだ。その様子なら出社も出来そうだな」

「はい」

事件前と全く変わらない態度の社長に、内心安堵《あんど》した。

もしかしてぎこちなくなったり、避けられたりするんじゃないかと考えていた。

そうなれば、社長秘書ではいられない。

「それで、何のお話をされていたのですか、ミスター稲田」

「九条君が退職したら、君の会社は持たないだろうとな」

その一言に、社長が怜悧《れいり》な笑みを浮かべる。

「確かに九条は優秀です。会社を持ち直させるために、最も貢献したと言って良い。ですから、彼女を失うことは、社にとっても、私にとっても大きな損失ですね」

「しゃ、社長、持ち上げ過ぎです。新年だからと言って、ご祝儀みたいに大盤振る舞いで褒められたら、私、いたたまれません」

「これでは、まだわしの所には来てもらえなさそうだな」

「会長」

楽しげに笑った稲田会長は、傍《そば》に控えていた専属秘書の耳打ちに笑みを消して頷《うなず》く。

「では、わしは別の所へ挨拶《あいさつ》に行かねばならん。門倉、楽しんで行ってくれ。九条君も婚約者の彼とゆっくりして行ってくれよ」

「はい。ありがとうございます」

去っていく稲田会長の後ろ姿を見送った後、私は社長に視線を向ける。

「社長、私事《わたくしごと》で前年はご迷惑をおかけして申し訳ありませんでした」

深々と頭を下げて謝罪をすれば、頭上から笑いを堪《こら》える声がする。

「九条、頭を上げろ。隣の男がすごい形相で俺を睨《にら》んでいるぞ」

言われて要を見上げれば、要は不機嫌を隠すことなく社長を見ている。

けれど、睨んでいるわけではない。単に深々と刻まれた眉間の皺《しわ》がそう見せているだけで。

「あ、彼のこれ、睨んでいるわけでは……。分かりにくいので、よく人から誤解されますけど」

「すまないな。元からこんな顔だ」

絶対に悪いと思っていない口ぶりで要が謝罪すれば、門倉社長は鼻で笑う。

「そうか。それは失礼した。ミスター久保」

「謝罪は結構だ、門倉社長。友伽里が世話になっている」

「ああ、遠慮せず、全面的に九条を委《ゆだ》ねてくれて構わないぞ？」

「冗談。これからも友伽里は、俺が守っていく。遠慮なく、きっちりさっぱり、潔《いさぎよ》く諦めてくれ」

笑っていない笑い声が両サイドから聞こえてくる。明らかにピリピリしたムードが漂《ただよ》う二人は、周囲から浮いて見えてしまう。

「社長も、要も。パーティーの席なんですから、黒い笑いは仕舞ってください」

「こうなったのは誰のせいだと思っているんだ、九条」

「はい？」

突然、私にも矛先《ほこさき》を向けてきた社長に、思わず首を傾げてしまった。

「何故、結婚する予定であるにもかかわらず、お前の指には新しい指輪の一つも飾られていないのだ」

突っ込まれて、改めて私は両手を見る。

右手の薬指に再び嵌《は》められた馴染みの指輪以外、何もない。

「プロポーズをするならば、指輪の一つも用意してあって当然だろう」

つまり、社長は私が婚約指輪をしていないことにご立腹なのだろう。

隣の要は、苦々しい顔で相手の言葉を聞いている。

その姿を見て、思い出す。

このパーティーの招待状を貰った日の、要の反応を。

――くそっ、やっぱり無理を言ってでも、年末に間に合わせるべきだったな。

――仕方ない。嫌味の一つや二つは、受け流すか。

あれは、指輪のことだったんだ。

きっと指輪がないことで社長が何か言うのを予測済みで、それであんなことを呟《つぶや》いたのかと思い至る。

「指輪はセミオーダーのセットリングなので、今、誂《あつら》え中なんです。だからまだ、手元にはなくて。手が殺風景ですよね」

「セットリング？　また、何故それを？」

「婚約指輪も、結婚指輪もずっと身につけたかったので、彼に我儘《わがまま》を言いました。ね、要」

「別に、我儘ってほどでもないだろう」

要が苦笑いする。

「確かに、指輪はありませんでしたけど、これまでの人生で一番嬉しくて、想い出に残るような素敵なプロポーズを貰いました」

大好きなジミーチュウのパンプスを贈られて、今まで好きとさえ言わなかった彼から『愛している』という言葉も贈られ、要の十五年分の不器用な愛を知って。

欲しかった物が、一気に降り注いできた。そんなプロポーズだった。

「上司に盛大に惚気《のろけ》るとは、良い根性をしているな、九条」

呆れ気味に笑う社長に、今の自分の言葉を冷静に思い返して、血の気が引いた。

仮にも、自分に告白してきた相手に対してする話ではなかった。

「し、失礼しました」

「いや。お前が幸せなら、それで良い」

「社長……」

「その男が嫌になったら、いつでも言え。また、攫《さら》ってやる」

冗談交じりに社長がそう言った途端、私の身体が強く要に引き寄せられる。

「悪いが、二度と友伽里を手放すような真似はしない」

「どうだかな」

「いい加減に諦めろ」

「お前にだけは言われたくないぞ、お前だけには」

お互いに忌々《いまいま》しいと言いたげな口調での応酬《おうしゅう》は、周囲の目をさらに引いていく。

「ちょ、ちょっと要。周りが見てるから、控えて」

「義理は果たした。帰るぞ」

「え⁉」

突然、膝裏を掬《すく》われ、そのまま身体がふわりと浮き上がる。

思わず要にしがみつくと、彼に横抱きにされているのに気付いた。

「う、嘘っ。恥ずかしいってば、要っ。まだ、社長への挨拶《あいさつ》も終わってないのに」

咎《とが》めてみても、要の歩みは止まらない。

彼の肩越しに社長を見れば、呆れながらも手を振っているので、とりあえず目礼して返す。

私はこれ以上声を張り上げるわけにもいかず、結局要の成すがままに会場を後にした。

その後、車の中で懇々《こんこん》と要にお説教をしたら、完全にへそを曲げた要に家へと連れ込まれ、ベッドへ直行コースになってしまった。

「要、んぁっ……怒ってるの？」

「怒ってない」

嘘。明らかに機嫌が悪いくせに。

コートやスーツの上着を乱雑に脱ぎ捨てた要は、ベッドの上で私を組み敷いて噛みつかんばかりに口付けをし、私の着ていた物をすべて剥《は》ぎ取ってしまう。

「昨日も……したのに」

「たまには良いだろ？」

連日身体を求められることなんて今までなかったから、彼の言葉に少し驚いた。

性急に求められるのも、二日連続するのも初めてだから、というのもあるけれど、彼らしくないというか……

コートも、スーツもきちんとハンガーにかけないと、後で皺《しわ》を取るのが大変なのに。

「だめっ、服んんっ……ぁ、片付け、ないと……皺が」

「……そんなの、どうにでもなる」

キスを止めた要が、私の脚の膝裏を掴んで持ち上げる。腰が浮き上がり、彼の目の前で脚が大きく開かれる。

ものすごく恥ずかしい姿にされ、思わず露《あら》わになったそこを手で隠そうとしたけれど、それよりも先に要の舌が敏感な場所を撫《な》でた。

「ぁんっ！」

温かなものがぬるりと秘裂をなぞる刺激にゾクリと腰が震え、目を細めて薄く笑った要と目が合った。

「やぁっ、汚いよっ」

要の頭に手を伸ばして押しのけようとするけれど、彼は私の抗議なんてお構いなしで、音を立てるように花芯に吸いつき、舌先で捏《こ》ねて押しつぶす。

腰が持ち上がった姿勢のせいで、彼がしていることが丸見えになっている。すごく恥ずかしいのに、さらに要がそこを弄《いじ》りながらじっと私に視線を向けてくるから、尚更羞《しゅう》恥心《ちしん》を煽《あお》られる。

自分の身体が彼の与える刺激に敏感に反応してしまう。

固く尖《とが》った舌先が、ぬるっと蜜壺の奥へと入り込み、柔かい肉壁を擦り上げていく。

「あぁっ！」

私の奥からどんどん熱が溢《あふ》れて、じゅるっとする卑猥《ひわい》な音が次第に大きくなってくる。

「あっ、んんぁ……あぁ」

快楽を与えられているはずなのに、物足りなさを感じて腰が自然と彼にすり寄っていく。

だけど、要の舌はゆっくりと私の中から出てしまう。

彼は顔を上げて濡れた唇を舌で舐める。

その姿がとても淫靡《いんび》で、子宮がキュッとなる。

「友伽里、さっきは無理に連れ出して悪かった」

謝りながら、要の指がジンジンとする花芯を押しつぶす。

過敏になったそこは、蜜とも唾液ともつかぬものでしとどに濡れ、要が指を動かす度にぬちゃっと音を立てる。

「ひうっ！　んんっ」

「本当はあの場でキスの一つでもして、あの男に見せつけてやろうと思った」

そう言いながら、要の指が秘裂をなぞって下へおり、物足りなさでひくついてた場所へと沈み込んでいく。

「あっ、は、ぁんっ！」

ゆっくりと二本の指が抽送《ちゅうそう》を繰り返しながら、ドロドロになった壁を擦って、私の弱い場所を時々強く刺激する。

「けど、お前の仕事のことも考えて、さすがに遠慮したんだ。これでも褒めてほしいくらいだ」

パーティー会場からあんな風に連れ出されたら、門倉社長や稲田会長と次に会う時とても気まずくなってしまうし、得意先の社長たちもいたから、門倉社長も巻き込んで変な噂を立てられかねない。

——せめて、手を引いて会場を出るくらいにしてくれたら良かったのに。

そう要に言ったことが、彼にはとても不本意だったらしい。

「んんっ、ごめん……なさい」

「それにあの男、お前を諦めるつもりがないらしいからな。油断できん」

「そんな……ぁ、考え、すぎっ、あぁぁっ！」

弱い部分をグリグリと指で刺激され、軽くイってしまった。

そして、彼の指が抜けていく感覚があり、ふと彼を見れば、彼は昨日の残りの避妊具を手に取り、素早く袋を開いてはち切れんばかりに怒張した自分のものに被せた。

「友伽里……お前、男を全然分かってない」

「ひっんんっ！」

一気に奥まで貫かれ、目の前がチカチカした。

昨日丹念に解《ほぐ》された場所は、わずかな圧迫感はあるけれど、望んだ快楽に震えて彼をきつく絡め取る。

「っ、これからじっくり、お前に男がどんな生き物か教えてやる。あの手の男は、一番危険だってこともな」

「あぁっ！　かな、めっ……あっ、ひぅっ！　は、げしっ」

要の動きに激しく身体を揺すぶられ、淫靡《いんび》な水音とベッドの軋《きし》む音が自分の嬌声《きょうせい》でかき消されていく。

何度も何度も高みに上り詰めながら、要からいかに男が危険で油断ならない生き物かを説明された。

でも正直、彼の言葉は私の耳にはほとんど届かなかった。

だって、過酷なスポーツ競技に認定してもらいたいくらい、激しかったんだもの。

快感も過ぎると辛いんだって、初めて知った。

身体中筋肉痛になるし、その後丸一日起き上がれなくなった私が、もう二度と社長のことで要に嫉妬心《しっとしん》を抱かせまいと強く誓ったのは言うまでもない。


その四日後、私と要はある宝飾店へ赴《おもむ》き、出来上がった指輪を確認する。

婚約指輪は、石座にはダイヤ、アーム部分にはメレダイヤがあしらわれている。

そして結婚指輪は、私の物はアームの部分にメレダイヤ、センターにも大きめのメレダイヤが留められた物。要の方は、プラチナに艶消《つやけ》し処理を施《ほどこ》して、ブラックダイヤモンドをあしらった。

この指輪は見た途端、ほぼ即決だった。

商品を見て、「これはどう?」とほぼ同時にお互いが指をさして声をかけたのだ。その時からこれを買う気がしていた。

要の指にも違和感なく嵌《は》まるデザインも素敵だったし、私の指輪も華美《かび》すぎず。だけどダイヤモンドの輝きも損なわれていない。

お互いが、これなら、と納得できた。

そして何よりの決め手は、女性用のリングに施されたあるものだった。

「お前、そんなに即決で良いのか？」

って、要が心配して聞いてくるくらいだったけれど、これしかないって思ったの。

婚約指輪と結婚指輪、それぞれの石座の側面に、ガラスの靴を模《も》したデザインが施されているのだ。これを見つけた瞬間、プロポーズの時に要がくれたパンプスを思い出した。

要の想いと、私たちの人生を繋《つな》いだ出来事を刻んだ指輪。

「友伽里、左手出せ」

要に言われるままに左手を差し出せば、要がその手を取り、手に持っていた指輪を薬指に嵌める。

ぴったりと指に嵌まったのは婚約指輪。

「とりあえず、こっちだけな」

結婚式は随分先になるし、結婚指輪は両家の顔合わせの時に婚姻届を書いた後、家族の前で交換しようと決めたから。

今は一つだけ。

「似合うぞ」

「ありがとう」

まだ馴染まない新しい感覚に、くすぐったさと嬉しさがこみ上げてくる。

半分夢見心地だったけれど、本当に要と結婚するんだって、実感できる。

「じゃあ、帰るか」

化粧箱に仕舞われた結婚指輪を受け取った要が、そっと右手を差し伸べてくる。

「うん」

左手を伸ばしてその手を取り、私は立ち上がった。

それからしばらくして、一つだった指輪が二つに揃い、彼と同じ指にそれが並ぶ。

彼と私の繋《つな》いだ手の間に、やがて、小さな手を持つ命が増えて賑やかになって。

夢に見た幸せが、今、一つずつ私たちのもとに舞い降りてくる。

書き下ろし番外編

GIFT

両家の顔合わせを終え、要と私が入籍を済ませて四日が経《た》った。私は今日、要の実家の隣にある、最近改装されたカフェの前に立っていた。そこは、彼の双子の弟である真幸君がオーナーを務めるお店だ。

仕事が終わったら要と一緒に店に来てほしいと、真幸君から招待を受けたのだ。なんでも、新しいランチメニュー用に幾つか試作品を作るので、夕食がてら試食して感想を聞かせてほしいとのことだった。

要は道路が渋滞していて少し遅れると連絡があったので、私は仕事を終えて一足先に電車でここへ来た。

定休日だったはずの扉には貸し切りの札が下げられ、窓や扉のガラスから店内の光が漏れている。扉を押して中に入れば、カウンター席にスーツ姿の見慣れた姿がある。

「こんばんは……あれ、要？」

「遅かったな」

振り返った相手は、いつものように少しだけ笑う。

「遅くなるんじゃなかったの？」

「お前を驚かせたくてな」

「うん。ちょっとびっくりした」

私の言葉に、要が悪戯《いたずら》に成功した子供のような笑みを浮かべた。それに酷《ひど》く違和感が芽生える。

見た目も声も要そのものなのだけど、要はこの笑い方をしない。でもこの笑顔は見たことがある。

相手は……高校生の時の真幸君だ。

そして、彼の左手に視線を向けて確信する。

「真幸君は相変わらずね」

「……なんで真幸？」

「要はこういう時、私に不敵な笑い方をするの。それと、結婚指輪をつけていないから」

「瞬殺か……親父なんて半日騙《だま》されてくれたのに」

悪びれもなく笑った真幸君はネクタイを緩めて外し、立ち上がりながらスーツのジャケットを脱いだ。それらをスツールにかけ、カウンターの奥のキッチンへと入っていく。

一卵性双生児だけあって、髪形や服装を同じにしてしまえばどちらか一瞬見分けがつかない。それでも、細かいところは色々違う。

性格も要は真面目だけど、真幸君は遊び心満載《まんさい》で初対面の時も要のふりをして私を驚かせた。

「外寒かっただろ。要が来るまでカウンターでお茶でもどう？」

「ありがとう、頂きます」

コートを脱いでカウンター席に腰かけた私は、ハーブティーの準備をする真幸君を見ていた。

「お店は忙しい？」

「お蔭《かげ》さまで。朝は親父が淹《い》れるコーヒー目当ての常連が変わらず贔屓《ひいき》にしてくれるし、昼間はランチ目当ての若い層が来てくれるようになったから、何とか食っていけそう」

「美味《おい》しい食事とコーヒーが楽しめるもの。会社の近所だったら、毎日でも通いたいわ」

お世辞でも何でもない。

有名ホテルのシェフをしていた真幸君の料理も、サイフォンで淹れるおじさま……じゃなかった、お義父さんのコーヒーもとても美味しい。

だけど会社からはとても遠いし、仕事帰りはもうお店が閉まっていてなかなか食べにくることは出来ない。

「家族になったんだから何時《いつ》でも遊びに来ればいいよ。というか、仕事を理由に要のやつ全然帰ってこないから定期的につれて来てほしいんだ。義姉《ねえ》さんに」

そう言いながら、生姜《しょうが》と蜂蜜の匂いが立ち昇るカップを私の前に出す。

真幸君から『義姉さん』って呼ばれて、要と本当に結婚したんだなって変に実感してしまった。嬉しいけど、ちょっとむず痒《がゆ》い気分。

「ありがとう。同い年なのに、義姉さんって呼ばれると何だか変な感じがするね」

どういう訳か、真幸君は初対面の時から私を『九条さん』ってよそよそしく呼んで、一線を引いた感じの態度だったから余計に。

カップを手にとりジンジャーティーを飲めば、冷えていた身体にピリッとした生姜の辛みと蜂蜜の甘さが優しく沁《し》み込んでポカポカと身体が温まってくる。

「美味しい」

「俺はやっと義姉さんって呼べて良かったと思ってるよ。名字呼びは堅苦しかったから」

「名前で呼んでくれても良かったのに」

「要と拗《こじ》れたくなかったから」

「拗れる？」

「好きな奴が他の男と仲良く名前呼びあって楽しそうにしてたら、ムカつくだろ？　趣味嗜好《しこう》が同じの双子の片割れが相手なら、余計に奪われそうだしさ。まあ、ガキみたいな発想だけど、それで喧嘩《けんか》になったことがあるんだよ。女の取り合いで兄弟仲を険悪にしたくなかったから、それ以降、お互いに相手の彼女とあんまり親しくしないようにしてたんだ」

「そうなんだ……」

要にそんな相手がいたのかと思うと、少し複雑な心境。

私の時はそんな雰囲気がなかったのに、他の女の子に対してそんなことがあったのかと思うと、なんだかその子に嫉妬《しっと》してしまいそう。

「まあ喧嘩したのは幼稚園の頃で、俺が初恋の時の話だけどな？」

「え、幼稚園？」

そんなに子供の頃の話？　と、驚いていたら、真幸君がカウンター越しに顔を少し寄せてニヤリと悪い笑みを浮かべる。

「そ。俺はそういうの早くてさ。でも、要の初恋は義姉《ねえ》さんだから、そんな落ち込んだ顔しなくても大丈夫」

その言葉に、自分の頬が一気に熱くなるのが分かる。

私が要の初恋相手っていうのもそうだけど、要と同じ顔の真幸君を見ていると、要に嫉妬した姿を見透《みす》かされたようで……。すごく恥ずかしくて、思わず両手を自分の頬に押し当てて隠す。

「か、顔に出てた？」

「はっきり。いやぁ、長く付き合ってるのに初々《ういうい》しいままで、羨《うらや》ましい限り」

要はこんな風にからかったりしないので、ものすごく恥ずかしい。

俯《うつむ》いていると、真幸君が笑い声を堪《こら》えながら私の前に焼き菓子の盛られた小皿を差し出してくれる。

「十年以上付き合ってそんな反応するとはなぁ……いや、悪かったよ。単に要の初恋話への振りだったのに」

震え声の真幸君をちらりと見れば、横を向いて手で口を押さえ、まだ収まらない笑いを堪えたままだった。

「そんな姿で言われても説得力無いよ、真幸君」

「いや、ほんとに。予想外の反応を見れて良かったって言うか、嬉しいって言うか」

「嬉しい？」

「義姉さんと要、紆余曲折《うよきょくせつ》あっただろ？　二度も要の事情で別れて、より戻してからの結婚だし。普通の夫婦なら、とっくに倦怠期《けんたいき》になってるような年月を付き合ってるし。今みたいな反応を見せてもらえると、要の奴は良い人選んだなって思う訳」

「真幸君……」

「おめでとう。これまで色々あった分、二人で幸せになってくれよ」

「ありがとう」

笑顔で祝福の言葉をくれた真幸君に笑顔でお礼を言っていると、後ろから店の扉が開く音がする。

「いらっしゃい。割と早かったな」

真幸君が笑顔で声をかけた相手を振り返って見れば、呆れた顔をした要がそこに居る。

「お前、また俺の格好をして。友伽里、こいつおかしなことしなかったか？」

「おかしなことって何だよ」

近付く要に、真幸君が肩をすくめて返事をする。

「何もなかったよ。すぐに真幸君って分かったから、真幸君は残念そうにしていたけど」

「そうなのか？」

「顔見て二言話したらバレた。愛されてるな、要」

茶化した真幸君に、要は私を確かめるように見た。私が頷《うなず》くと、要は少し面食らった顔をした後、私の頭を軽く撫《な》でて隣のスツールに腰をかけた。

「でもこうして見ると、本当によく似てるね」

隣と前に居る二人の兄弟を並べてみるとよく分かる。

真幸君が髪を切って染めたから余計にそっくりだ。

だけど、私の言葉に二人して同じタイミングで同じように顔をしかめ、互いに視線を向ける。

「何でお前、俺に似せて来るんだよ」

「土台が一緒なんだから、仕方ないだろ」

「初めて友伽里を家に連れて来た時も、同じことをしただろ」

「あれは、事前に義姉《ねえ》さんが男性は苦手だって聞いていたから。要のフリをすれば身構えずに話してもらえるかと思って。わざわざ要に買い物行かせて時間稼いだのに、あの時もすぐばれてあまり意味なかったけど」

真幸君と初めて会った時、私はストーカー事件のことがあって身構えていた。要ではない異性と会うのはどこか不安だったのだ。

だけど、玄関先で出迎えてくれた要が私を名前で呼んでフレンドリーな対応をするから違和感を覚えて。それを口にすると、後ろから要が走って買い物から戻ってきた。要が二人居るって混乱しているうちに、最初に応対してくれたのが真幸君だと分かった。

顔は似ているけれど髪型とか髪色は違うって聞かされていたのに、要とまったく同じだったから本当に驚いたのを覚えている。

要はとても申し訳なさそうに謝っていたけど、真幸君は『彼女を驚かせるのは双子の御約束だろ』って飄々《ひょうひょう》と笑っていた。それがあったから、似ているようで似ていない真幸君とも普通に話ができるようになったのだ。

「いや、確実に半分は友伽里をからかって遊ぶためだ」

「なんでバラすかな。良い話で留めておいてくれよ」

「悪戯《いたずら》を止めればいいだろ」

「なんだよ。昔は要も一緒にやっただろ」

「いつの昔だよ、もう二十年以上前のことだろ」

険がある口調から、次第にお互い穏やかな顔で軽口を言い合う雰囲気に変わり、要も私に視線を向けて笑う。

「悪戯好きな弟で悪い」

「ううん。楽しかったよ。あ、真幸君、今日はどうして要の真似を？」

「今回は単純に、真っ当な格好して二人におめでとうって言おうと思ってさ。伸ばした髪を切ってまともな色に染め直したら、気持ち悪いくらい要にそっくりに仕上がってて自分でもビビったよ。親父も間違えるし、要が遅れて来るなんて言うから、悪戯心がつい疼《うず》いて要のフリをして待機したわけ」

「じゃあ、要と一緒に来ていたら普通にお出迎えしてくれたの？」

「もちろん、それはそれで手を変えて悪戯する」

断言した真幸君の楽しそうな笑顔に、私も要もつられて笑ってしまう。

「そこは譲らないのかよ」

「そりゃあ、お前に成り済まして、義姉《ねえ》さんにお前の恥ずかしい話を吹きこんでおかないとな」

「止めろ。お前、あること、ないこと喋るだろ」

「心外だな。今日だって、お前の初恋相手が義姉さんだと教えてやったのに」

真幸君の一言に、要の表情が凍りついた。

一呼吸の沈黙の後、要が勢いよくスツールから腰を上げ、キッチンの方へ身を乗り出した。

「真幸っ！　おまっ、なんてことを友伽里に教えたんだ！　それは言うなって言っただろ！」

「要……自爆したな」

ニヤリと笑った真幸君に、要は彼の言葉が真実だと自ら認めたことに気付き、ゆっくりと私に視線を向ける。

顔を真っ赤にして、まるで錆《さび》ついたブリキのようにぎこちなく首を動かした要を、私は嬉しくて笑顔で見つめる。

「私もね、要が初恋だから……要の初恋が私で嬉しい。ずっと好きでいてくれて、ありがとう」

瞬間、大きな身体の男二人がその場に崩れ落ちた。

要はカウンターに突っ伏す姿勢でスツールに腰を落とし、真幸君はカウンターの奥で姿が見えなくなる。

「ど、どうしたの？　大丈夫？」

突然のことに慌てて立ち上がって二人に交互に声をかければ、二人は同じように片手で顔を覆って震えている。

「義姉《ねえ》さん鬼過ぎる」

「え？」

「バツ一独り者の俺に、そんな惚気《のろけ》聞かせるなんて。心の傷に響く……」

真幸君の指摘に自分が何を言ったのかを頭の中で反芻《はんすう》して、急激に恥ずかしさがこみ上げてきた。

二人の時ならいざ知らず、彼の兄弟の前で言うのは恥ずかし過ぎるし、真幸君の心を不本意ながらも傷付けたことはとても申し訳ない。

「ご、ごめんね、真幸君」

「いや、これは俺が振ったのが悪い……それに、これからも義姉さんはそのままでいてくれよ」

よろよろと立ち上がった真幸君は、笑みを浮かべながら気にした様子もなく私を見てそう言ってくれる。

そしておもむろに、カウンターに突っ伏している要の頭を軽く叩いた。

「だが要、お前は駄目だ。そのまま義姉さんに萌えハゲて爆《は》ぜろ」

叩かれた要が上体を起こし、赤みの残る顔で真幸君を軽く睨《にら》む。

「意味の分からないことを言うな、真幸。帰るぞ」

「このまま帰してイチャイチャなんてさせてやるか。今からたっぷり時間のかかるフルコースを食わせてやるから覚悟しろ」

「フルコース？　新しいランチメニューの試食って話じゃなかったのか？」

「もとからフルコースの予定だ。そう言わないと来ないだろ。ほら、さっさとそのリザーブの札が置いてあるテーブルに座れ」

真幸君が指さす方向に視線を向けると、テラス席と店内を仕切るスライド式のガラス扉が見える。そしてその前にある二人掛けのテーブルには、カトラリーや食器類が配置され、ご予約席と書かれた札が置かれていた。

「二つ星レストランでシェフをしていた俺の料理に舌鼓《したつづみ》をうって、幸せな気持ちで家に帰るが良い。おめでとうだ、リア充共め！」

「……真幸、貶《けな》すのか祝福するかどちらかにしろよ。分かり辛いぞ」

「今更お前相手に、おめでとうなんてかしこまって言えるかよ」

「どこの照れ屋だよ、お前は。だがまあ、なんだ……ありがとう」

「お、おう」

お互い照れたようにやりとりを交わした二人は、やっぱり双子なのだなぁと感じる。

要は口下手に、真幸君は饒舌《じょうぜつ》になるだけで、大切な場面で素直に想いを表現できないところはとてもよく似ているから。

真幸君なりに要と私を祝福してくれるのが嬉しくて、自然に口元が緩んでいく。

「そろそろ腹減ったな」

「料理出すから向こうの席に行ってくれ。あ、飲み物はどうする？　お前車だろ？」

「俺は水、友伽里は……」

「私もお水で」

「じゃあ、従妹《あいつ》が結婚祝いに持って来たヴィンテージワインは持ち帰りだな」

予想していなかった言葉に、私と要は互いに顔を見合わせる。

「二人が出会った年のロゼワインだってさ。あいつ、今週いっぱい出張でこっちに戻ってこられないから、今日これと一緒に渡してくれって頼まれた」

そう言いながら、真幸君ははがきサイズの封筒を私達の前に差し出した。

要がそれを受け取り、封筒を開くと、結婚祝い用の可愛いデザインのメッセージカードが現れた。要と私はそれを一緒に覗《のぞ》きこむ。

カードには私たちへのお祝いの言葉と共に、たくさん迷惑をかけて二人の婚期を遅らせてしまい申し訳なかったというお詫びが綴《つづ》られていた。とても丁寧な文字で、感謝と末永く仲良く幸せにとしたためられたメッセージ。

一時期とても荒れていた幼かった彼女を見ているし、彼女のことでもやっとしたことも何度かあった。でも、気持ちのこもったカードを見ていると、しっかりとした大人に成長した姿を垣間見たようで、彼女を更生させようとした要の努力がちゃんと実を結んだのだなと嬉しい気持ちになる。

「……何だろうな、手間のかかる娘がようやく自立した気分だ」

メッセージカードを読んだ要は、ぽつりと照れくさそうに呟《つぶや》いた。

瞬間、真幸君が盛大に噴いた。

「妹飛び越えて娘かよ。まあ、確かにあいつに対して要は兄貴ってより口うるさいオヤジっぽかったもんな」

「お前も親父も、あいつを甘やかすからだろ」

要はメッセージカードを封筒に戻しながら、笑っている真幸君にため息をつく。

「良かったね、要」

こっそりと要にそう告《つ》げると、要は不思議そうな顔をして私を見る。

「要の努力も気持ちも、ちゃんと彼女に伝わっていたね」

彼が彼女を見捨てずに向き合っていたから、そしてそれを彼女も受け止めてくれたから、今こうして要と私の門出《かどで》を祝ってくれているのだ。

私はいつも要のしていることを信じて待つしか出来なかったけど、今は信じて待っていて本当によかったと思う。

要は穏やかに笑い、そっと私の腰に腕を回して抱き寄せた。

「……俺一人なら無理だった。お前が俺を信じて背中を何度も押してくれたからだ。ありがとう」

その言葉が嬉しくて、彼の背中に腕を回してぎゅっと抱擁《ほうよう》する。

「あー、そこの馬鹿《バカ》ップル。俺の目に毒だからさっさと席に着け。ついでにこの水もセルフで注げ」

胡乱《うろん》な瞳でガラス瓶に入ったお水をカウンターに置いて、追い払うように手をひらひらさせる真幸君に、要がため息をついてから私の耳元に顔を寄せる。

「続きは帰ってからな？」

真幸君には聞こえない囁《ささや》き声でそう告《つ》げ、要は嬉しそうに笑った。私は彼らしくないその言葉に恥ずかしくなってしまい、ただ頷《うなず》くことしか出来なかった。

思いがけない贈り物をいくつももらったこの日は、要と私の忘れられない大切な思い出の一つになった。

EB エタニティ文庫

現実は小説よりも不埒なり!?

甘くてキケンな主従関係

三季貴夜

エタニティ文庫・赤

装丁イラスト／ちず

文庫本／定価 640 円＋税

小野明《あき》は、カリスマ作家・真城忍の家で家政婦として働くことに胸膨らませていた。素敵な女性像を描いていたら、なんと真城は若い男だった！ 顔はいいけど、口も態度も悪い。なのに一つ屋根の下で過ごすうち、身も心も彼に翻弄されるようになり!? スイートラブバトル、開幕！

※エタニティブックスは大人の女性のための恋愛小説レーベルです。ロゴマークの色で性描写の有無を判断することができます（赤・一定以上の性描写あり、ロゼ・性描写あり、白・性描写なし）。

詳しくは公式サイトにてご確認ください。
http://www.eternity-books.com/

携帯サイトはこちらから！

本書は、2014 年 11 月当社より単行本として刊行されたものに書き下ろしを加えて文庫化したものです。

エタニティ文庫

25日《にち》のシンデレラ

響《ひびき》かほり

2017年 4月 15日初版発行

文庫編集－西澤英美・塙綾子
発行者－梶本雄介
発行所－株式会社アルファポリス
〒150-6005 東京都渋谷区恵比寿4-20-3 恵比寿ｶﾞｰﾃﾞﾝﾌﾟﾚｲｽﾀﾜｰ5階
TEL 03-6277-1601（営業） 03-6277-1602（編集）
URL http://www.alphapolis.co.jp/
発売元－株式会社星雲社
〒112-0005東京都文京区水道1-3-30
TEL 03-3868-3275
装丁イラスト－相葉キョウコ
装丁デザイン－ansyyqdesign
印刷－大日本印刷株式会社

価格はカバーに表示されてあります。
落丁乱丁の場合はアルファポリスまでご連絡ください。
送料は小社負担でお取り替えします。

ISBN978-4-434-23118-6 C0193